구자권 수상집

여보, 아프지 말고 내 손 꼭 잡아

의
식

023
산문선

여보, 아프지 말고
내 손 꼭 잡아

구자권 수상집

작가의 말

막바지 추위가
선뜻 물러서지 않으려는 기세지만
길모퉁이에서 햇살에 고개를 드는
앙증맞은 풀꽃들은 이미 봄을 쬐고 있고
산모퉁이를 돌아 들이닥칠
마파람을 기다리던 매화도
꽃망울을 터트리고 있다.

새봄을 맞으려 어수선해진 대자연은
곧 연둣빛 비단을 펼치고
그 신록의 바다 위로는 꽃물결이 춤을 출 것이다.

계절이 바뀌느라 분주한 틈에
대단할 것도 없는 투박한 농부의
소소한 독백을 슬쩍 디밀어본다.

2023년 초봄

문산재에서

차례

1부 하늘을 쳐다보면

2부 서툰 농부의 전원일기

일러두기

책에 쓰인 인명, 지명 등은 표준어 및 외래어 표기법에 따랐으나 방언이나 특정한 명사 등은
최대한 저자의 의도를 반영해 예외로 두었다.

1부
하늘을 쳐다보면

얼음 창고와 냉장고

지금은 주변에서 보기는 힘들고 기억 속에서나 떠올려 보는 풍경들이 있다. 그 중에 짚으로 꼬아 만든 새끼줄에 연탄이나 얼음 한 덩이를 묶어 들고 다니던 어린 시절이 새삼 떠오른다.

서양에서는 과학의 발달로 인공 얼음을 만들고 냉장고의 발명으로 가정용 냉장고를 사용할 때까지도 조선시대의 우리는 땅을 파서 얼음 창고를 만들어 대한과 소한 사이에 군졸을 동원하여 얼음을 채취하여 빙고(氷庫)에 보관 후, 음력 유월부터 양은 모르겠지만 공신에게는 사흘에 한 번, 귀족들에게는 이레에 한 번씩 배급을 하였으며 의금부에 갇혀있는 죄수들에게도 치료용으로는 배급을 하였다는데 도로 사정이나 운송수단도 열악했을 그 옛날에 얼음을 어떤 방식으로 옮겼을지 궁금하다.

조선시대에는 한양에 대표적인 동빙고와 서빙고를 만들고 왕실용으로는 대궐 안에 따로 빙고를 두고 사용했다고 하는데 당시에는 여름철 최고의 사치품이었을 얼음을 관리하는 관료들의 노고가 이만저만 골치 아픈 게 아니었을 것이다.

지금은 집집마다 김치냉장고와 일반 냉장고 등 최소 두 대 이상씩은 보통이어서 사시사철 신선식품을 먹을 수 있어 조선시대보다 평균수명이 갑절은 길어졌다.

여자가 한을 품으면

금년 여름 우리나라에 직접적인 영향을 끼치고 있는 태풍 제 5호 송다, 제 6호 트라세가 중부지역에서 느끼는 체감정도는 아직은 큰 위력은 아닌데, 우리가 흔히 부르는 태풍(typhoon)을 지역별로는 허리케인, 사이클론, 토네이도 등으로 부르며 각각 고유한 이름을 붙여 부르는데 아시아 지역에서는 사물의 명칭 위주로, 미국의 허리케인에는 사람의 이름을 주로 사용한다.

통계를 보면 남성이름의 허리케인보다 여성이름의 허리케인의 피해가 심각한 경우가 많다는데 여자가 한을 품으면 오뉴월에도 서리가 내린다는 우리 속담이 서양에서도 통하는 모양이다.

아시아에서는 우리나라, 중국, 일본, 태국, 필리핀, 홍콩, 북한, 베트남, 미국 등 14개국이 각각 10개의 이름을 제출하면 5개의 조를 짜서 태풍이 생성될 때 순차적으로 이름을 붙여 사용한다는데 14개국이 제출한 1번부터 140번 까지를 다 사용하는데 5년 쯤 걸린다니 한 해에 30여 개의 태풍이 발생되는 엄청난 빈도인데 우리가 겪는 태풍은 두 서너 차례여서 감사할 따름이다.

우리나라가 작명하여 제출한 태풍의 이름은 노루, 제비, 고니, 너구리, 메기, 독수리, 개미, 나리, 장미, 미리내라고 하는데 우리의 이름이 붙은 태풍이 아시아 어느 나라에도 큰 피해를 주지 않기를 바란다.

태풍은 큰 재난을 가져오기도 하지만 자연생태계의 순환에 많은 역할을 하는 것도 만만치 않다고 한다.

이열치열로 더위를

우리는 여름철 무더위에 지친 체력을 보충하기 위해 옛날부터 닭개장, 개장국, 육개장 등 고단백 음식을 먹으며 이열치열로 더위를 다스려왔는데 육류를 싫어하는 사람들은 장어나 민어 등을 보양식으로 선호하였다.

여름철 음식일수록 뜨겁고 얼큰하게 끓여 땀을 뻘뻘 흘려가며 먹어야 보신이 된다고 생각하였는데 격렬한 운동을 한 후 개운한 기분이 드는 것과 같은 이치가 아닐까 한다. 그리고 노동으로 흘리는 땀과 운동으로 흘리는 땀은 냄새부터 다르다.

또한 한여름에 먹는 뜨거운 음식 중에는 칼국수가 삼복중에도 인기가 있다. 요즘은 흔히들 닭이나 바지락, 해산물로 육수를 만들어 먹는데 예전 궁색했던 시절에는 애호박이나 넣어 제물국수*로 먹기도 했다. 그 시절엔 그게 흥이 아니었고 설움도 아니어서 아직까지도 평안하고 건강하게 잘 살고 있다.

장마철엔 찬 음식보다는 뜨거운 음식이 오히려 건강에 좋다.

* 국수 삶은 국물을 갈지 않고 그대로 먹는 국수

호박같이 둥근 세상

산삼녹용이나 투뿔이니 마블링이니 하며 고단백 육류를 먹어야 보신(補身)이 된다고 하는 사람이 있는가 하면 식물성 자연식품을 먹어야 건강에 좋다는 사람도 있는데 남녀노소 모두 좋아하며 소화흡수도 빠르며 각종 영양성분도 풍부한 애호박나 바지런한 농부들이 키워낸 단호박도 지금이 제철이다.

하우스에서 작물을 기르면 가뭄걱정이나 병충해가 적어 단호박을 심어 며느리에게 6개 보내주고 지인들에게도 한 개씩 나눠주는 재미가 쏠쏠하다.

내 딴에는 금덩어리를 주는 만큼 큰 기쁨을 느끼는데 받는 분들은 '에게~ 한 개가 뭐야' 하시려나?

애호박이든 단호박이든 늙은 호박이든 줄기에서 순과 잎, 꽃과 씨앗, 호박까지 버릴게 하나도 없는데 줄기는 무엇에 쓰냐고? 유산기가 있는 임산부에게 씨앗과 볶아서 먹으면 효험이 있다는 얘기를 들었다.

호박의 종류가 많기도 하지만 저는 아직까지 국수호박을 못 먹어봤으며 호박은 아니지만 동아도 하나 심어 달렸는데 늦게 심어 수확이 되려는지 모르겠다.

노지에도 단호박을 세 구덩이 심었는데 넝쿨을 벋어가다가 돌 틈에 들어가 꺼낼 수가 없이 자라는 것이 있는데 다 익으면 깨트려서 꺼내면 되겠지 생각하고 있다.

늙은 호박은 만병통치약이라 할 만큼 각종 효능이 많으며 특히 여성들의 붓기나 유산기가 있을 때 칼슘이나 철분, 베타카로틴이 풍부하여 좋다고 한다. 건강에 좋은 호박 많이 드시고 호박같이 둥근 세상 둥글둥글 건강하게 살았으면 한다.

부침개와 빈대떡

어제는 칠월 칠석이었는데 우리 생활에도 칠월칠석에 부침질을 해먹던 풍습이 깊숙이 자리 잡고 있었지만 세태의 변화에 차츰 도시인들에겐 사라져가고 있다.

칠석 즈음에 내리는 비는 목동인 견우와 베 짜는 직녀가 1년 만에 만나 북받치는 감정에서 흘리는 눈물이라는 이야기가 있다. 그만큼 칠석 즈음에는 비가 예외 없이 내렸는데 농한기를 맞은 농촌의 일반 가정에서는 부침개를 부쳐 우중명절을 즐겼다.

전하는 얘기는 칠석 전후 사흘에 걸쳐 비가 오는데 첫날의 비는 견우와 직녀가 타고 갈 마차를 닦는 비고 칠석날은 오랜만에 만나는 기쁨의 눈물비고 이튿날은 헤어지는 슬픔에서 나오는 눈물 비라고 한다.

여름철 비오는 날은 모두들 밀가루 음식이나 부침개를 찾게 되는데 이런 식습관은 고려시대부터 이어져오고 있다니 비오는 날의 밀가루 음식은 오랜 전통을 이어온다.

　여름철엔 호박이나 부추, 감자와 풋고추 등 재료가 많은데 뭐니 뭐니해도 김치부침개가 최고라고 생각한다. 그런데 녹두로 만든 것은 부침개가 아니라 빈대떡이라고 하는데 무슨 연유일까?

누가 서민일까?

요즘 농부들의 텃밭에는 호박, 가지, 상추, 오이, 고추, 대파, 토마토, 들깻잎이 한창이고 양파와 감자도 저장해 놓아 도시인들 보다는 식비가 덜 드는 편이지만 기름 값이라던가 일상에 필요한 생필품, 갈치라도 한 마리 사려면 입이 딱 벌어지게 된다.

두 달 연속 6%대의 물가상승으로 서민들은 김치찌개도 못 사먹을 판이라는 신문기사를 봤다. 서민이란 아무 벼슬이나 신분적 특권이 없는 사람을 말한다는데 서민이라는 어휘는 놀랍게도 주나라 초부터 쓰였고 천자와 제후, 대부와 사(士), 서민 등 5계급으로 나누어졌다고 한다.

억대의 연봉을 받는 은행원들이나 귀족노조원들이 임금이 적다며 파업투쟁을 준비 한다던가 산업현장 곳곳에서 극한투쟁을 벌이며 자칭 서민이라 하며 연소득 500여만 원이 대부분이고 퇴직금도 없는 농부들 약 올리는 듯 쌀값이 비싸다느니 상추가 금추니 배추 한 통에 오천원이 말이 되냐는 등 아우성이지만 우크라이나 전쟁 와중에 각종 물가는 천정을 뚫는다지만 쌀값은 지하를 수직으로 뚫고 들어가 농민들 애간장을 녹이고 있다.

주공이 살아있어 다시 계급을 편성한다면 귀족노조원들은 제후와 같은 계급으로, 농민은 서민보다 낮은 농투성이로 나눠야 할 것이다.

생활비 한 푼이라도 아끼려고 쪽파와 시금치 열무를 일찍 심어놓아 싹이 트고 있지만 1년 농사지어봐야 장(醬)값이 모자란다고 입에 풀칠하기도 어려운 게 농민들의 삶이다.

선구자를 기다리며

　삼성을 초일류기업으로 성장시킨 故 이건희 회장은 "마누라와 자식 빼고는 다 바꿔라", "천재 한명이 십만 명을 먹여 살린다" 등 유명한 어록들을 남겼는데 이 회장이 생전(生前)이라면 삼성은 어떤 분야에서 어떤 성과를 내고 있을지, 미국의 일론 머스크와 신사업에서 각축을 벌이고 있을지 궁금하다.

　엊그제 새만금 단지에 하이퍼 루프를 건설하여 서울 부산을 20분에 주파하는 친환경 열차를 개발하겠다고 하였는데 일론 머스크는 5년여 전에 연구용 터널을 완성하여 2030년에는 상용화를 목표로 한다.

　머스크는 그 외에도 전기차, 민간우주개발과 화성에 8만여 명의 이주도시를 만들겠다는 구상 등 창의적인 발상으로 사업을 성공시키고 있는데 우리도 급변하는 세계적 위기를 극복해나갈 지도자와 경제를 이끌어갈 탁월한 안목을 가진 기업가, 문화를 빛낼 예술인 등 혼자서 십만 명을 책임질 선구자를 기다린다.

새콤한 오이미역냉국

열대야가 며칠씩 이어지고 습한 장마까지 겹치는 폭염에 지쳐 식욕이 떨어진다는 사람들이 있는데 나는 짠 음식을 싫어하는 외에는 독감에 걸렸을 때나 어떤 경우에도 반찬이 별로다, 밥맛이 없다 하며 음식을 멀리하는 일은 없다. 아내는 밥투정하는 일 없으니 밥 차려주기 편해서 같이 살아준다고 하는데 그냥 웃고 넘어간다.

노각오이생채, 양배추 찜, 콩장, 마늘장아찌, 열무김치, 계란후라이, 토마토를 넣고 끓인 김치찌개 등이 어제 아침상차림이다. 삼복중이라도 뜨끈한 김치찌개에 숟가락이 자주 가던데 계란 외에는 쌀을 비롯하여 모두 내 손으로 생산한 농산물이어서 마음이 흡족하니 입도 즐겁다.

김치냉장고의 보급으로 김장김치가 물러지거나 시어지

는 일 없이 김치를 장기간 숙성하여 묵은지를 만드니 김치가 깊은 맛을 내고 사시사철 김치찌개를 먹을 수 있어 좋지만 금년 여름엔 새콤한 오이냉국을 한 번도 못 먹었는데 요즘은 오이가 잘 열리지도 않아 오이 안 들어간 미역냉국이라도 만들어봐야겠다.

사람의 식성

나를 업어 키우셨다는 이모님은 내가 좋아하는 두부를 수시로 만들어 주셨는데 지금은 연로하셔서 부축을 받아야만 움직이실 수 있으니 안타깝다.

사람들의 식성은 나이가 들어가면서 차츰 변하게 마련인지 아니면 이모님표 두부가 아니어서인지 두부를 밥상에 올리는 횟수가 줄어들고 있는데 단백질의 덩어리인 두부를 가까이 해야겠다.

과일 중에는 배를 좋아하는데 생활환경이나 습관, 나이가 들수록 먹는 음식들이 자연적으로 바뀌고 있음을 실감하는데 아내와의 식성 차이도 큰 영향을 끼치고 있다.

어느 문학가는 배를 가리켜 신의 선물이라고 극찬하였

다는데 우리나라 배의 시원하고 아삭한 맛은 정말 맛이 기가 막히다

가까운 마을에 300년생 돌배나무가 있는데 구전에 의하면 흉년이 들 때면 동네사람들이 돌배로 배를 채울 정도였다니 실로 구황(救荒)나무였다.

봉지를 씌우지 못한 배가 비바람에도 잘 견뎌주는데 추석 때까지 만이라도 병충해도 없이 잘 자라준다면 추석 상차림이 풍성하겠다.

우리나라 최초의 녹색혁명 통일벼

며칠째 이어지는 장마로 많은 인명피해와 재산상 피해가 발생해 많은 국민들이 낙심하고 있는데 물질적인 피해와 마음의 상처가 빨리 회복되기를 바라는 동병상련의 마음이다.

금년은 조상 대대로 이어져오던 보릿고개를 넘긴, 쌀의 완전자급을 이룩한 통일벼를 보급 생산하기 시작한 50주년이 되는 해이다.

쌀의 자급으로 녹색혁명의 성공을 자축하며 금지됐던 쌀 막걸리를 허가할 정도로 자긍심을 가졌던 통일쌀이 이제는 알랑미(안남미)처럼 찰기가 없고 밥맛이 없다고 20여 년 만에 시장에서 퇴출되어 거의 모두의 기억에서 통일쌀은 사라졌다.

초근목피라는 말을 호랑이 담배피던 시절의 얘기라 하겠지만 1960년대 까지도 많은 빈농(貧農)들은 보릿고개의 궁핍했던 생활을 청소년기의 저도 겪던 중 통일쌀의 생산으로 우리 같은 가난한 농민들도 쌀밥을 먹을 수 있었다.

"빵은 길을 만들고 밥은 마을을 만든다."라는 제목의 책이 있는데 인류의 양대 식량인 쌀과 밀을 통하여 동서양의 가치관의 차이를 말해주는데 쌀은 노동집약적이라서 정착하여 마을을 이루고 협동이 필요하며, 밀은 건조한 땅에서도 잘 자라며 수리시설 등이 필요치 않고 적은 힘으로 대량생산이 가능해 밀을 다른 나라와 교역을 용이하게 하려면 길을 개척해야 함을 강조한다.

쌀값과 밀가루값의 차이를 보면 3~4배 정도로 쌀값이 비싸다고 하지만 물가상승률이나 생산원가 상승, 회사원 공무원 등 급여의 인상분과 비교하면 쌀값은 그 절반도 못 따라간다. 쌀값 정말 부담 없으니 밥 많이 드시고 건강했으면 좋겠다.

하늘을 쳐다보면

언제부턴가 하늘을 쳐다보는 여유를 잃어버린 현대인들은 늘 숨가빠하는데 숨이 찰수록 하늘을 쳐다보며 숨을 들이쉬면 가슴속까지 시원해짐을 왜 모를까?

바쁘게 허둥댈수록 실속이 없고 세상에 휘둘릴수록 자신은 왜소해지며 핑계를 댈수록 삶의 갈피를 잃게 되는 것이 인생이다.

일상에서 여유를 갖는다는 것은 쉼을 누린다는 것인데 인생의 여정에서 휴식이 없다면 모래밭을 걸을 때처럼 박차를 가할 수 없어 늘 제자리에 머물게 된다.

오후에는 농사일로 굳어지는 근육을 풀어줄 겸 무료해하는 아내와 들판이나 산기슭을 자주 걸으며 하늘을 쳐다보면서 시골의 정취를 맘껏 누린다.

어제는 장맛비가 그치고 하루 종일 햇살이 밝더니 저녁
에는 노을마저 황홀하게 보였는데 하늘을 쳐다보지 않는
사람들은 저녁노을이 장엄함을 알 리가 없겠다.

저녁노을이 보이면 다음날이 맑다는 옛 어른들의 말씀
이 전해지는데 저녁노을을 본 사람의 내일은 좋은날일
것이다.

장마철 곰팡이

고온다습한 장마철이 큰 피해를 남기고 소멸되었나 싶다가 또다시 장마전선이 형성되어 강한 폭우가 예상된다니 피해를 당하신 분들의 상처가 걱정이다.

장마철엔 폭우피해뿐 아니라 허리나 관절통으로 고생하시는 분들의 고충이 심하고 식중독이나 수인성 전염병 등으로 걱정이 많은데 예전보다 청결한 위생 상태를 유지하는데도 후진국성 질환은 계속되고 있어 안타깝다.

모처럼의 햇살에 신발장을 열어 통풍을 시키려는데 가죽신발마다 곰팡이가 하얗게 피어있어 게으름의 민낯을 보는 것 같다.

집안은 제습기를 여기저기 옮겨가며 틀어놓고 선풍기

로 환기를 시키지만 화장실의 수건은 꿉꿉한 냄새가 나는데 도시인들은 건조기를 쓰던데 빨래 건조기가 없으니 뾰족한 방법이 없다.

곰팡이가 사람들을 불편하게 하기는 하지만 수많은 생명을 구하는 "마법의 탄환"이라 불리는 페니실린도 푸른 곰팡이를 이용하여 만들고, 술이나 장류의 효모도 곰팡이를 이용하여 만든다. 비록 해롭고 보기 싫은 곰팡이지만 인간을 이롭게 하는 부분이 많으니 싫어도 함께 지내야 하지 않을까 싶다.

쌈을 많이 먹어야겠다

속담에 "눈칫밥 먹는 주제에 상추쌈까지 싸먹는다"는 말이 있는데 쌈은 크게 싸서 입이 터지도록 먹어야 제 맛이니 누구의 앞에서건 체면 안 차리고 먹어야하는데 밥을 주는 사람입장에선 크게 벌린 입이 얄미워서 하는 말일 테다.

사시사철 쌈을 먹을 수 있는 우리의 밥상문화는 야채나 해초, 쌉쌀하거나 연하거나, 묵은 나물로도 쌈을 싸고 깻잎이나 호박잎처럼 거친 것은 쪄서도 먹는데 고온다습한 장마철엔 상추가 시원치 않아 깻잎 장아찌를 자주 먹게 된다. 깻잎으로 김치를 담기도 한다지만 우리는 고구마 줄기 김치는 해먹었어도 깻잎김치는 아직 안 해봤다.

우리는 흔히 상추나 깻잎, 곰취 등 잎을 쌈이라 하지만 조선시대에는 싸먹는 내용물을 쌈이라 하였다는데 그러면 밥이나 고기를 쌈이라 했단 말인가?

깻잎은 혈액을 맑게 해주며 포함 된 철분은 시금치보다 많으며 각종 영양소가 충분하여 특히 고기와 먹을 때 동물성 기름기가 혈관에 들러붙는 것을 예방한다고 하니 맛있고 건강에 좋은 쌈 많이 먹어야겠다.

이거 노욕老慾인가?

우리 나이쯤이면 세상에서 제일 귀하고 비싸다는 음식이라는 송로버섯 요리를 한번쯤은 먹어봤어야 그놈 성공했구나 하고 갈채를 받지 않을까?

나는 청탁불문(淸濁不問) 두주불사(斗酒不辭), 아니 청탁불문은 맞고 두주불사는 아니지만, 막걸리를 먹을 때 새우깡을 즐겨 먹는다. 작년부터 새우깡 블랙에 미세한 양이지만 송로버섯 분말이 들어있어 그 새우깡을 자주 먹으니 송로버섯을 가까이하고 있다고 할 수 있다.

나는 작년부터 그렇게 가끔씩 송로버섯을 가까이 하는데 남들은 비싼 것이라고 껌벅 죽는데 나는 김치, 고추장등 자극적인 음식에 혀가 무뎌져서 그런지 나는 큰 맛은 모르겠다. 허세라고 할 수도 있지만 정치인이나 유명인

사도 아닌 내가 큰소리친다고 누가 관심이나 주겠나?

엊그제 국궁(國弓) 동아리에서 몇몇이 점심식사를 하게 되었는데 인원파악이 잘못되어 통추어탕 전골 4인분이 그대로 남았는데 맛도 있었지만, 평상시의 내가 아닌 내 속의 내가 튀어나와 이거 싸가지고 가도 되요? 하는 나답지 않은 말이 불쑥 튀어나와 내가 놀랐다. 주인이 친절하게도 부추와 수제비까지 넉넉히 싸주셔서 이틀을 연속 먹었어도 질리지 않았다

생각해 보니 내가 추어탕, 아니 보양식이 고팠었나? 이거 노욕(老慾)이었나 싶기도 하다. 공자께서는 "늙어서는 혈기가 이미 쇠약해졌으니 탐욕을 경계하라"하였는데 추어탕 싸가지고 온 이것 노욕일지 탐욕일지 여하튼 욕심을 부리면 안 된다는 말씀 명심해야지.

오늘 복달임하시나?

　우리 대추가 1/3 정도만 열리고는 오늘 말복인데도 꽃 필 징조가 없으니 대추는 흉년이겠지만 저 정도 열렸으면 우리 먹을 정도는 될 것이다.

　대추는 말복 날까지는 꽃이 피고 열매를 맺는데 그래도 추석 차례상엔 제일 앞자리를 차지할 정도로 수확이 빠르니 자연은 알다가도 모르겠다.

　시대의 변화에 따라 복날이라고 몰려다니며 보양식을 찾는 모습도 사라지고 수박이나 과일로 더위를 달래는 편인데 식구라야 달랑 둘이라 수박 한 통 사기도 겁이 난다.

　며칠 있으면 처서가 다가오는데 더위야 한풀 꺾이겠지

만 지나가는 세월은 잡아둘 수도 없고 돌아오지도 않으니 세월의 흐름에 점차 두려움을 느끼는 날도 다가올 것이다.

중부지방에서는 제피를 아는 사람이 드문데 특유의 향 때문에 추어탕이나 매운탕에 넣는 것을 싫어하는 사람도 많다. 제피는 열매를 처서(處暑)에 따 말려서 껍질만 빻아야 맛이 좋은데 볶아서 빻으면 맛이 덜하다.

나는 중부지방 태생이라도 제피나 방아잎을 좋아하는데 아내는 질색을 한다. 50여년을 같이 살아도 식성이나 취미가 맞춰지지는 않는 모양이다.

소리 없는 총성

세계 곳곳에서 크고 작은 전쟁이 끊임없이 이어지며 수많은 인명이 희생되는 안타까운 일들이 그치지 않는데, 선진국들이 주축이 되어 일으키는 또 하나의 소리 없는 종자전쟁은 호시탐탐 남의나라 종자를 채집 개량하여 식량자원과 신약개발로 막대한 이익을 독점하고 있다.

쉬운 예로 우리의 먹거리에서 큰 비중을 차지하는 고구마나 마늘, 파프리카, 방울토마토, 청양고추, 양파 등 그 외에도 많은 종자를 비싼 로얄티를 내며 쓰고 있는데 청양고추는 우리나라에서 개발하였지만 종자회사가 IMF 당시에 외국기업에 팔리는 바람에 지금은 독일에 로얄티를 주면서 청양고추를 먹고 있는 실정이다.

파프리카나 방울토마토 등의 씨앗은 금값보다 두서너

배나 비싼데 식물자원수로는 세계 5위인 우리나라도 우수종자 개발에 많은 투자를 아끼지 않아 딸기나 장미 등 여러 분야에서 가시적인 성과를 내고 있다.

우크라이나 전쟁을 보면서 식량자급의 필요성이 어느 때보다 절실함을 온 세계인들이 느끼고 있는데 식량주권과 우수종자의 주권이 우리 농민들의 손에 있을 때 국가와 국민의 안녕이 보장된다.

신이시여 우리를 긍휼히 여기소서

1945년 8월 6일 오전 8시 15분 16초에 B-29 에놀라 게이에서 투하된 최초의 원자탄 '리틀 보이'가 8시 16분 히로시마 570m 상공에서 폭발하여 버섯구름을 일으키며 일본을 팔대지옥(八大地獄)으로 떨어트렸다.

인류 최초로 핵폭탄을, 그것도 두 번이나 맞은 일본은 항복을 선언했고 전쟁의 상처를 한국전쟁 덕분으로 치유한 예상 밖의 결과로 부흥한 나라가 되었다.

러시아의 우크라이나 침략전쟁이 6개월을 넘겨 가는데 우크라이나 국민들의 적극적인 항전과 미국과 유럽의 간접개입으로 예측을 불허하는 전쟁이 되어가지만 푸틴이 손에 쥐고 있는 유럽인들의 생명줄인 식량과 가스관과 핵전쟁을 불사하겠다는 협박에 지원국들은 이러지도 저러지도 못하는 곤경에 처해있다. 하지만 평화란 희생이 없으면 유지될 수 없는 생리라서 어떻게든 우크라이나를 도와 러시아를 물리쳐야 한다.

핵을 보유한 나라는 러시아를 비롯해 북한까지 대략 아홉 나라로 인도나 파키스탄, 북한의 핵물질에 대한 국제적인 통제가 어려운 상태이며 중동의 극단주의자들도 호시탐탐 핵을 손에 넣으려고 혈안이 되어 있다.

만일 어느 나라에서든 인류에게 또다시 핵전쟁의 재앙이 닥친다면 코로나 전염병과 식량의 부족으로 요행히 살아남은 자들은 위정자도 일반 국민들도 결국은 더욱 처참한 고통으로 신음하게 될 것이 자명하다.

러시아와 우크라이나 인도와 파키스탄, 이스라엘과 중동, 북한 등 망설이지 않고 핵단추를 누를 태세인데 신이시여 인류를 긍휼히 여기소서.

가지와 토마토

농사라는 게 하느님과의 동업이라고 하지만 동업자인 농부의 작은 소망을 외면하시는 심보는 알다가도 모르겠다. 정성을 들이는 만큼 모든 작물이 골고루 잘 되게 해주시면 어디가 덧 나는지….

가지 세 개와 토마토 다섯, 방울토마토 다섯 주(柱)를 심었는데 가지는 아내와 매일 부치거나 무치거나 쪄서 질리도록 먹고 있다. 하지만 토마토는 튼실하게 잘 자라면서도 일주일에 몇 개 딸까말까 하다.

의사는 토마토가 빨갛게 익으면 환자들이 줄어든다고 싫어한다는데 혹시 의사들이 우리 토마토에 주술을?

일본에서는 새해 첫날 가지꿈을 꾸면 길하다 하고 가을

가지는 며느리도 주지 말라는 속담이 있다고 할 정도로 가지에 대한 인식이 좋다.

요즘은 동지섣달에도 마트에는 각종 신선야채가 있으니 나이든 사람들도 묵나물을 멀리하게 되어 가지가 지천이지만 말려서 보관할 생각은 없다.

내 의지가 이 정도 밖에

얼마나 많은 사람들이 결심했던 문제들을 얼마 못가서 흐지부지했기에 작심삼일이란 고사성어까지 생겼을지 생각해보니 나 자신부터도 작심삼일 해버리는 일들이 많다.

오래전부터 요통으로 특히 겨울철이면 통증이 도져서 한의원이나 통증클리닉을 전전했는데 완치라는 기쁨은 느껴보지 못했다.

나 같은 질환을 많은 사람들이 겪고 있는데 그동안의 내 경험에 의하면 요통은 병원치료도 필요하겠지만 꾸준한 스트레칭 운동요법이 병원치료보다 효과가 있음을 알면서도 좀 나아졌다 하면 운동을 게을리 하고 그러면서 또 다시 통증이 반복되는 어리석음을 범하고 있다.

통증이 심할 때는 어쩔 수 없이 한의원이나 병원을 찾는데 치료를 받으면서 운동으로 병을 이기겠다고 했던 내 의지가 이 정도 밖에 안 되나하는 자괴감을 느끼게 된다.

요통은 일상에서 늘 바른 자세를 유지해야 하며 나처럼 만성요통으로 고생하는 사람일수록 유연성을 기르기 위한 운동을 해야 하는데 첫째는 근력이 튼튼해야하니 체력에 맞는 근력운동과 병행하는 게 좋다.

떨어진 감을 우려먹던 기억이

어린 시절 이맘때쯤이면 누가 깨워주지 않아도 어스름 새벽녘에 일어나 소쿠리를 들고 남의 집 감나무 밑을 다니며 떨어진 감을 주워와 소금물에 우려먹던 기억이 새롭다.

왜 가난한 집엔 열이면 열 뭐하나 있는 게 없어 남의 감나무에 떨어진 감 한 개라도 잽싸게 주워오지 않으면 안 되었고 감뿐이 아니라 밤은 더 할 나위없고 도토리 한 알이라도 주워 모아야했다.

동네 노인 한 분은 "그 감나무 내가 어렸을 때 우리 아버지가 100년 넘었다고 했으니 아마 200살은 넘었을 거야." 하셨다.

우리 밭두렁에 밑동 언저리가 시커멓게 파인 아름드리 감나무가 서쪽으로 더 무성하게 가지를 뻗고 있는데 옆집의 감나무들은 초여름에 와수수 다 떨어졌어도 우리 감나무는 끄떡없더니 비바람 탓인지 아기 주먹만큼 큰 것이 몇 개씩 떨어져 옛 생각에 소금물에 담가 났다.

맛있는 침시를 먹으려면 낙과보다는 생감을 따서 꼭지째 우려야 맛이 있는데 맛이 훨씬 덜한 낙과침시를 지금 사람들은 거들떠보지도 않을 것이다.

웬만한 집엔 한두 그루씩 심어져 집안의 희노애락을 함께한 감나무가 고령화의 여파로 감을 딸 사람도 없고 먹을 사람도 없어 새들의 겨울 양식이 되고 마는 실정이다.

아무 쓸모없어 보이는 감꼭지는 끓여서 딸꾹질을 멈추게 하는 용도로 쓰였다고 한다. 감꼭지도 쓸모가 있는데 간혹 제 몫을 못하는 사람들을 보게 된다. 농부는 농부의 몫을, 기업가는 기업인의 몫을, 정치인은 정치인의 몫을 묵묵하게 실천할 때 우리 모두는 평화롭고 행복할 것이다.

우리들의 식사습관

옛날의 농촌마을의 풍속 중에 집안의 할아버지나 아버지의 생신일 때는 아이들은 새벽부터 동네 어른들을 찾아다니며 "우리집에 조반 드시러 오세요." 말씀드리면 누구 생일이구나 그래 갈게, 하시며 마을 어른들이 거의 모이셔서 함께 아침을 드셨다.

여러분들이 오시니 자연 심부름을 해야 하는데 어느 어른은 간장을 찾으셔서 드리면 국 맛도 안보시고 종지 째 부으시고 맛있는 반찬을 두고 매운 고추를 찾으시거나 거북한 사람이 있었는지 후다닥 털어 넣고 일어서시거나 말 한마디 없이 식사하시는 다양한 모습을 보면서 어린 눈에도 식사자리가 왜 이리 부자연스러울까 생각했었다.

함께 식사를 한다는 것은 식구가 아니라면 특별한 의미

가 있어서 마련한 자리일 텐데 유교문화의 영향인지 과묵하게 식사를 위한 식사자리로 끝나는 경우가 많은 게 현실이다.

유럽과 같은 선진국 국민들의 식사문화를 보면 서두르지 않으며 많은 대화를 나누고 식사를 준비한 사람들에게 꼭 고마움을 전한다.

우리나라도 경제적, 정신적인 여유도 생겼고 각 분야의 문화도 자랑할 만하니 식사문화에도 여유로움이 더해졌으면 좋겠다.

로렐라이 언덕

옛날부터 전해 오는 쓸쓸한 이 말이

가슴속에 그립게도 끝없이 떠오른다

구름 걷힌 하늘 아래 고요한 라인강

저녁 빛이 찬란하다 로렐라이 언덕

중학교에서 가곡 로렐라이를 배우면서 유럽이라는 단
어를 처음 들었던 것 같고 그때 배운 가곡 로렐라이가 지
금도 흥얼거려짐은 그만큼 가슴깊이 받아들였다는 증거
일 터이다.

그때부터 모든 지식을 가슴으로 머리로 그렇게 빨아들
였다면 지금 나의 위상은 대한민국 제 1호 노벨상 수상자
로 초청강연을 다니느라 초야에서 농사지으며 유유자적
할 틈이 없었을 것이다.

세계 곳곳에서는 전쟁이나 식량문제로 수많은 난민이 발생하여 국경을 봉쇄하고 급기야 영국 국민들은 EU로부터 의무 할당되는 난민을 받아들일 수 없다며 유럽연합을 탈퇴한다는 브렉시트를 선언하였다.

지금 가까운 중국을 비롯하여 세계 곳곳에서는 가뭄과 홍수와 전쟁이 인류를 파멸의 도가니로 끌어가고 있으며 살아남기 위한 끝없는 분쟁으로 약자들의 피해는 가늠할 수 없을 만큼 처참하다.

특히 각처에서 밀려드는 난민사태로 홍역을 겪던 유럽은 지금 500여 년 만의 가뭄이라는 최악의 재난이 닥쳐 모든 강들이 바닥을 드러내고 산불과 식수부족으로 농작물과 가축의 피해는 눈덩이처럼 불어나고 있으며 발전소와 산업시설까지 가동을 멈춰야하는 지경에 이르렀다고 한다.

기후변화의 원흉으로 꼽히는 탄소를 줄이기 위한 각국의 프로그램이 오래전부터 가동하기 시작했지만 우리나라의 산업구조는 국제사회의 압박에서 자유롭지 못한 탄소를 많이 배출하는 업종이라 탄소중립 정책이 시급하지만 국가 기간산업의 재편은 생각처럼 간단한 문제가 아니다.

인류는 지금 전염병과 전쟁과 기후변화의 족쇄에 묶여 그 끝을 모르는 고통 속에 있지만 이 모든 재앙 꼭 극복할 수 있을 것이다.

자신의 삶을 풍요롭게

"가을부채는 시세가 없다"는 속담이 있다. 오늘은 가을의 문턱을 넘는다는 처서(處暑)인데 아침저녁으로는 선선해지기 시작할 테니 누가 부채를 찾겠나 해서 생긴 말이다.

하지만 처서가 지나면 더위는 끝장이라 할 테지만 오히려 모기가 극성을 부리기도 하고 9월 중순까지는 반팔 옷을 입어야 활동하기 편하다.

옛사람들은 처서에는 여름 내내 습기에 꿉꿉해진 옷과 서책을 꺼내 바람을 쐬고 햇볕에 말리고 손질할 부분을 수선하는 의식을 행했다.

어제 저녁 무렵부터 비가 많이 내렸는데 처서에 비가 내리면 십리 안에 벼 천석이 날아간다 할 정도로 벼 이삭이 패는 시기에 오는 비는 농부들에게는 신세대 용어로 '극혐'이다.

가을의 문턱을 넘어섰으니 책을 읽는 계절이 따로 있지는 않지만 책을 읽기에는 날씨도 마음도 여유로우니 책을 가까이 하기 좋은 때인데 지금은 책이나 신문 잡지는 거들떠도 안보며 스마트 기기에만 열중하며 단편적인 상식이나 습득하려 한다.

오죽하면 책을 읽는 독자보다 책을 쓰는 작가가 더 많은 세태라는 말이 나왔을까, 저도 보잘것없는 책 몇 권을 냈고 추석 무렵 신간을 준비하고 있는데 무명의 졸작이다 보니 독자를 사로잡지는 못한다.

책을 읽으면 자신도 행복하고 책 읽는 모습을 바라보는 사람도 행복함을 느낀다.

이번 가을엔 꼭 한 권의 책을 읽는 모습을 가족에게 이웃에게 보여준다면 자신의 삶이 풍요롭게 변화됨을 느낄 것이다.

청정무구한 자태를

어제 오후에는 대파모종과 순무를 파종하고 반송 두 그루 전지를 하였는데 한낮에는 따끈하였어도 오후가 되니 더위도 이젠 물러갈 준비를 마쳤는지 기세가 누그러지고 삼라만상들도 생기를 찾을 것 같다.

지역마다 차이는 있었겠지만 봄 가뭄이 심한 후에 늦게나마 적절한 비가 내려 고추를 제외한 기타 작물들은 평년작은 무난하리라 본다. 고추는 탄저가 심하여 김장용과 양념용 고춧가루를 준비했으니 약을 주기도 귀찮고 두 물로 끝을 냈다.

다니다 보니 연꽃을 큰 용기에 심어 꽃이 없더라도 넓고 싱그러운 잎이 보기 좋아 나도 저렇게 길러봐야겠다는 마음이 있었는데, 누가 고무 대야를 버린다는 소식에

확인하니 뚫어지지 않아 마당 한 귀퉁이에 묻어놓고 백련을 길러볼 예정으로 가져왔다. 화원에서는 수생식물도 팔던데 봄에는 우리 집에서도 연꽃이 청정무구한 자태를 보여주리라.

세대간의 언어충돌

며칠 전 얘기지만 어느 회사에서 소비자에게 '심심(甚深)한 사과의 말씀을 드린다'는 글을 읽은 일부 누리꾼들이 '하나도 안 심심한데 사과문에 진정성 없이 심심하다니'라는 항의성 댓글을 달았다.

심심함이라는 단어를 이해하지 못한 신세대들의 문해력 수준에 논쟁이 들끓으니 대통령까지 나서서 디지털 문해력을 높일 교육 프로그램이 필요하다는 관심을 나타냈다.

우선 금일을 금요일로, 사흘을 4일로 알고 내일, 모래, 글피의 글피는 90%가 모른다고 하는데 마음깊이 진심으로 사과한다는 '심심한'이라는 말을 이해하지 못하는 게 하나도 이상스럽지 않을 정도다.

엎친 데 덮친다고 어느 시민 논객이 '모를 수도 있지 어떻게 모든 단어를 다 알고 있어야 되나, 사전은 모르는 것을 찾아보라고 있는 것이니 모르는 것은 찾아보라고 하면 될 일 아닌가, 인터넷마다 사전이 있으니 편리하게 찾아보면 된다.'하였는데 본질이 빗나간 말이 아닐까 감히 생각해본다. 한 때 유행하는 청소년들의 은어라던가 웹툰의 짧은 단어라면 모를까 표준어마저 배우고 익히려 하지 않는 그들의 은어나 신조어 사용을 두둔하며 사전을 운운함은 매사에 진취적이어야 할 신세대들에게서 배우고 익히는 즐거움을 빼앗는 것이다.

제일 큰 원인은 책을 안 읽는 때문이라 생각하는데 책을 읽어야 지혜와 지식을 얻을 수 있고 책은 자신의 독서수준에 맞는 글을 읽기 때문에 자신이 원하는 만큼 읽고 자신이 원하는 레벨의 지식과 지혜를 내 것으로 만들 수 있다.

지금은 지식기반사회라고 한다. 지식기반이란 정보통신에 기반을 두고 그 영향아래 듦을 말하는 게 아니다. 인터넷은 정보의 보고(寶庫)라 생각할지 모르지만, 그것에 의존해 배움을 게을리 한다면 인터넷도 TV와 같이 바보

상자나 다름없다고 생각한다.

책을 읽는 동안에는 생각하고 깨닫고 지식과 지혜를 머리에 축적하는 시간을 갖지만 인터넷은 눈으로 한 번 훑어보고 흘려버리게 된다. 책을 읽으면 문해력 수준도 높아지지만 세상을 향해 나아가는 길도 보인다고 성현들은 늘 말씀하셨다.

세상을 향해 나아갈 뜻이 있는 사람이라면 책을 읽어야 한다.

은혜를 기억하는 날

 사람은 제 값을 제가 매긴다고 하는데 오늘 생일을 맞아 한평생을 살아오면서 나는 가치 있는 삶을 살아오지 못했다는 자책감에 한없이 부끄러울 뿐이다.

 살아있는 사람이든, 하늘나라에 먼저 간 사람이든 세상의 모든 생물들은 생일이 있는데 핵가족화로 가족들이 뿔뿔이 흩어져 살고 있으니 한데 모여 사랑하는 사람의 생일을 기념하기도 힘든 실정이다.

 특히 나와 같은 서민일수록 여간 어려운 게 아니어서 아내와 둘이 열무김치를 곁들여 밥 한 공기를 먹으면 족하다.

 사람은 누구나 살아오면서, 살아가면서 자신의 생일만

큼은 의미 있는 날로 기억하고 싶겠지만 어떤 사람들은 오히려 부담을 갖기도 한다.

생일은 자축의 의미로 이벤트나 선물을 생각하겠지만 인간으로 태어났으면 부모의 은혜를 헤아리고 평상시보다 더 공경하는 마음을 가져야 하는데 그런 마음을 깨달을 때는 부모님이 세상에 계시지 않는 경우가 대부분이다.

생일은 나 자신의 날이 아닌 나를 이 세상에 낳아주신 부모님의 은혜를 기억하는 날이다.

박두성이 누구야?

　지난 25일은 송암 박두성 선생의 59주기 추모제가 강화군 교동면에 작년말경 복원된 생가에서 열렸다는 소식을 지인을 통해 들었는데 예전 강화 나들길을 걸을 때 빈 터만 있는 곳을 가봤고 위인(偉人)의 생가가 흔적도 없는 안타까움을 일행들과 토로했었다.

　'박두성이 누구야' 하실지 모르지만 우리나라의 한글점자인 '훈맹정음'을 창안하여 반포하고 평생을 시각장애인들의 교육에 헌신하신 분이다.

　9남매의 장남이셨던 선생은 가난한 형편에도 배움에 대한 열정에 아버지와 농사일 중에도 저녁에는 서당엘 다녔고 애국열사 이동휘가 강화 본섬에 보창학교(고등소학교)를 세웠다는 소식에 동생들과 입학하여 신지식을 배웠다.

 강화도 섬에 세워진 보창학교는 군관출신의 독립운동가 이동휘가 강화진위대 대대장을 사직하고 일제의 탄압을 이기려면 교육으로 민족의식을 일깨우자는 신념으로 설립한 학교인데 비록 경성에서 멀리 떨어진 섬 학교지만 유명한 보광학교와 보성학교 등과 어깨를 겨루던 학교였다고 한다.

 이후 대가족이 가난으로 간난신고를 겪는 중 영특한 박두성을 눈여겨보던 이동휘의 주선으로 한성사범학교 졸업 후 제생원 맹아부(지금의 서울 맹학교)에 발령을 받아 일본어 점자를 가르치게 되면서 우리 국민에게 한글점자를 가르쳐야겠다는 일념으로 일제의 감시를 피해가며 1926년 마침내 한글점자인 훈맹정음을 반포하였다

 혼신의 힘을 쏟아 만들어진 훈맹정음은 일제의 패망과 그 후 나라가 분단되는 비극 중에 북한에서도 대로 사용되고 있다니 한편으론 기쁜 일이기도 하다.

유흥식 추기경 서임식

원시시대의 인간은 생로병사에 더욱 취약했고 자유로울 수가 없어 위급할 때는 큰 나무나 바윗돌, 해와 달에게도 안녕을 빌었을 것이며 그런 행위가 무속으로 주술로 신앙으로 이어져왔다.

종교를 딱 부러지게 정의(定義)할 수는 없지만 체계적인 경전을 갖춘 불교로부터 시작되어 하느님의 아들인 예수의 탄생으로 기독교가 가장 많은 인류가 믿고 따르는 종교로 자리 잡았으며 여러 종교들은 정치 문화 경제 등 인류의 모든 생활에 막대한 영향을 주고 있다.

각 종교에는 성직자가 있는데 천주교 사제는 성소(聖召)를 받은 남자신자가 사제가 되기 위한 까다로운 조건을 충족했는지를 판단 받고 10여년이라는 긴 기간 동안 교육과 봉사활동을 통하여 자질을 인정받으면 성품성사로 서품을 받고 사제가 된다.

가톨릭은 예수님이 제자 베드로를 제 1대 교황으로 임명하여 현재 제 266대 프란치스코 교황으로 이어지고 있으며 성직자를 주교, 사제, 부제의 직분이 있고 주교단에는 주교, 대주교, 추기경으로 나뉘며 추기경은 교황 선출권을 갖는 동시에 자신도 교황 후보자가 될 수 있다.

우리나라의 천주교 신자는 대략 600여만 명인데 故 김수환 추기경, 故 정진석 추기경, 염수정 추기경에 이어 유흥식 나자로 추기경의 서임식이 어제 바티칸 성 베드로 대성전에서 성대히 거행되었다.

추기경 임명은 서임(敍任)이라 하는데 "베드로의 손에서 이 반지를 받으십시오, 교회를 향한 그대의 사랑은 사도들의 으뜸의 사랑으로 굳건해진다는 사실을 아십시오, 전능하신 하느님과 성 베드로와 바오로의 영예를 위해 성부와 성자와 성령의 이름으로 아멘." 새로 서임되는 추기경들의 신앙고백과 충성서약이 있었고 교황은 "장엄하게 서임하고 선포합니다."하고 추기경의 상징인 모자(비레타)를 씌워주고 반지를 주었는데 서임은 벼슬을 내린 다는 말이라고 한다.

　자정까지 중계방송을 봤고 축하미사는 오늘 있을 것이 라는데 유흥식 추기경님의 서임을 진심으로 축하드린다.

애면글면 살아온 인생

 닥쳐오지 않은 일들을 걱정하는 것을 기우(杞憂)라고 하는데 '기(杞)'나라의 '우(憂)'라는 사람이 하늘이 무너질까 땅이 꺼질까 걱정하며 살았다는데서 생겨난 옛 얘기이다. 우리네도 살아가면서 근심걱정에서 벗어나 긴장하지 않고 살아온 사람이 얼마나 될까?

 우리 연령대가 되면 당장은 건강한 몸이라도 시한부 인생이나 다름없고 세상은 언제나 시끄럽고 예측을 할 수 없지만 뒤뜰의 대추나무와 자두나무의 잎새 사이를 지나온 황금빛 아침 햇살이 창문을 살짝 비추니 가슴속까지 포근함을 느끼며 소소한 이 행복을 자랑하고 싶어진다.

 8월도 하순이고 내 인생도 칠십 후반을 치달으니 풀 한 포기, 개미 한 마리도 내 인생의 동반자였음이 감사하고 청명한 하늘은 어리석게만 살아온 나의 이정표다.

애면글면 살아온 삶이지만 남아있을 인생 10여년은 아내와 건강하게 두발로 걸어 다니는 게 소원인데 아마도 내가 살아오면서 세상에 지은 죄 값에 따라 남은 생이 평안할 것인지 염려가 될 것인지 결정될 것이다.

나 자신만을 위해 칠십 평생 살아왔으니 이제부터는 그런 어리석은 인생을 살지 말고 덕을 쌓으며 살아야겠다.

신사임당의 포도 그림

500여 년 전에 태어난 신사임당은 시(詩), 서(書), 화(畵)에 천재적인 재능을 갖고 태어나 7세 때부터 당대의 유명한 그림들을 모방하여 그리며 화풍을 익혀 많은 작품을 남겼다.

사임당은 결혼 후 친정에서 살면서도 7남매를 낳았는데 다섯째 율곡 또한 조선 오백년사에 전무후무한 아홉 차례의 과거시험에서 장원급제를 하였다.

신사임당의 초충도(草蟲圖)가 많이 전해지고 있는데 몇 점 밖에 없다는 포도그림은 "신사임당의 포도 그림을 세상에 시늉을 낼 사람이 없다"할 정도로 찬사를 받았다고 한다.

초가을 사과와 배 감이 나오기 전 사람들의 입맛을 독차지하는 노지포도를 출하하기 시작하여 포도농가에서는 포도밭에서 직접 판매를 시작하였는데 맛을 보니 변함없이 정말 맛이 좋았다. 한동안 감기기운이 있거나 피로할 때 깐 포도 통조림을 한 캔을 먹으면 몸이 개운했었는데 포도당이 흡수가 빨라 피로회복에 효능이 있는 때문이다.

예전부터 많이 유통되어 입맛이 길들여진 때문인지 유명세를 타는 샤인머스켓보다는 켐벨포도가 내 입맛에는 최고인데 간혹 며느리 덕에 샤인머스켓을 먹어보면 식감도 새콤함도 켐벨 포도가 훨씬 낫다.

예부터 포도는 다산과 풍요의 상징이어서 포도를 첫 수확하면 사당에 올리고 큰며느리가 먼저 한 송이를 먹도록 하였다고 하니 가문의 안녕과 번성을 바라는 선조들의 마음이 얼마나 간절하였는지 엿볼 수 있는 일이다. 무성하게 뻗어나가는 포도덩굴손을 만대(蔓帶)라고 하는데 자손만대의 만대(萬代)와 발음이 같아 성경에도 많이 비유되었으며 선조들의 문인화에도 포도나무를 즐겨 그렸다.

헷갈리는 첫째 주

해와 달, 밤과 낮, 시간과 날자 그리고 수학의 발전이 인간의 일상을 계획적이고도 편리하게 해주는 달력을 만들어냈다.

벌써 4,000여 년 전부터 인류는 별자리를 맨 눈으로 관측하여 자전과 공전을 알아냈으며 1년을 365일로 계산하여 역법(曆法)을 정리해놓았는데 뭐가 뭔지 통 모르는 나는 앞으로 4,000년 후에나 태양력이니 그레고리력을 이해할 수 있을지 모르겠다.

선조들은 후손들 생활이 편리하도록 과학적인 달력을 만들어놓았는데 달력을 보면서 9월 1일 목요일이 9월의 첫째 주인지 8월의 마지막 주인지 나는 헷갈린다.

친구 서넛이 매월 첫 주 금요일 만나기로 약속을 하면서 2일 금요일이 첫 주 인지 9일 금요일이 첫 주인지 약간의 실랑이가 있었는데 첫 주의 기준은 1일이 목요일일 경우 첫 주이고 1일이 금요일이면 전달의 마지막 주가 맞고, 첫 번째 금요일 약속이라 하면 2일이 금요일이어도 그날이 첫 번째 금요일 약속 날이 맞다.

　나처럼 모자라는 사람은 우리말이나 글을 쉽게 이해하기 어려운 부분이 있어 혼동하는데 부지런히 배우려고 노력중이다.

가마우지는 선善할까?

인간의 본성은 선하다.

아니다, 인간의 본성은 악하다. 선하다는 것은 인위(人爲)다.

맹자의 성선설과 순자의 성악설은 수많은 사상가들의 논쟁을 일으켰지만 아직도 그 논쟁은 끝나지 않고 있다

자기중심적이고 이기적이며 치열한 경쟁만을 일삼느라 일상에 지쳐가는 인간들은 작은 관심과 사랑만으로도 사람에게 변함없는 충성심을 보이며 안정감을 주는 반려동물에게 위안을 받으려고 하며 심지어는 이웃이 반려동물을 학대할까봐 감시하는 지경에 이르렀다.

동물을 그토록 사랑하고 아끼는 인간들은 가마우지나

수달의 목을 옭아매어 사냥을 시켜 물고기를 빼앗으며 즐기고 있는데 동물에게 그처럼 잔악한 행위를 하는데도 비난하지 않는 이유는 뭘까. 물론 외국의 예(例)이기는 하지만.

모든 인간은 선하다 해야 하나, 악하다 해야 하나.

전국적으로 저수지와 농수로 시설이 잘돼있어서 사시사철 저수지와 수로에 물이 가득 차 있는 곳마다 가마우지가 심심찮게 보인다.

우리 고장에 보이는 가마우지는 몸체가 가늘고 갸름하지만 하루에 7~800g 정도의 물고기를 잡아먹는 대식가여서 토종물고기 보호에도 피해가 만만찮다고 한다.

보기 드물었던 가마우지가 수로에 물이 많으니 서식하기에 알맞아 개체수가 늘었고 배설물의 독성에 수목들을 고사시키는 등 생태계를 황폐화시키고 있어 인위적인 개체수 조절을 고려하고 있다고 한다.

그게 인생이 아닐까?

　우리 집 달력은 인공지능이 있어 어제 아침에 일어나니 벌써 9월이 시작돼있었다.

　아침이 선선해지자 너도나도 외롭다거나 고독하다거나 정처 없이 떠나고 싶다는 등 가을앓이를 시작하는데 정말 고독한 사람은 하늘 한 번 쳐다볼 틈 없이 일에 전념하는 사람이다.

　농촌에서도 아직은 가을의 상징인 풀벌레소리가 들리지 않는데 어느 방송 진행자는 귀뚜라미 소리를 들으니 어쩌니 하며 가을 타령을 하던데 보일러 돌아가는 소리를 들었나?

　세상만사에 가을하늘은 무심하고 과일과 곡식과 화초

들은 결실을 위해 한 주먹 햇살을 다투고 동물들도 살찌우기에 여념이 없는데 나는 인생이 뭐냐는 단어를 생각해본다.

인생이란 평범했어도 비범했어도 늙음을 피하지 못하고 성공이나 뒤쳐짐에도 서로의 기준은 다 다르다. 이제는 움켜쥔 꿈도 분노도 내려놓고 진정한 나 자신을 알아내는 것 그게 인생이 아닐까?

낯익은 물봉선

  길섶에 드문드문 보이는 연보라색 벌개미취를 신호탄으로 가을에 피는 야생화가 산과 들을 수놓기 시작할 것인데 우리나라엔 대략 5,000여종의 야생화가 자생하고 있다고 한다.

  비슷한 꽃으로 좀개미취나 개미취, 쑥부쟁이, 구절초 등이 있어 관심 있는 사람이 아니라면 혼동하여 모두를 들국화라 부르기도 한다.

  언제부턴가 야생화를 기르는 사람들이 많아졌지만 희귀한 종류들만 선택하려고 하니 환경이 맞지 않아 실패하는 경우가 많은데 내 집 주변의 서식환경에 맞는 꽃을 길러야 실패하지 않는다.

작은 화단이나 담 밑에 자리 잡았던 채송화나 참나리, 함박꽃과 붓꽃 등 우리의 꽃을 밀어내고 이름도 헷갈리고 그 모양도 낯설어 정이 들지 않는 외래종 꽃들이 차지하였다.

우리 집 주변 산골짜기에 자주색 물봉선이 한창인데 가을꽃이라 하기엔 늦여름에 피는 꽃이지만 가을의 문턱을 넘어선 지금 지천으로 피어있는데 동네 어른에게 슬쩍 물어봤더니 들풀이려니 하지 물봉선이란 이름을 알려하지 않는다.

책에서 여러 종류의 물봉선이 있다는 글을 읽었지만 여기저기 다른 곳에서도 자주색만 봤지 다른 색깔의 꽃은 못 봤다.

2부
서툰 농부의 전원일기

아람 벌었다

두보는 "팔월의 뜰에 배와 대추가 익으면 날마다 천 번이라도 오르내리겠다."는 글을 남겼는데 음력 팔월 이맘때쯤일 것이다

햇배와 햇사과의 맛을 봤지만 우리 뜰 안의 대추는 추석이 내일모레인데도 차례상에 올라가기 싫은지 아직 새파랗다

꽃은 늦게 펴도 제사상에는 제일 먼저 올라간다는 대추야 익거나 말거나 성당에서 합동위령미사에 상차림을 해놓아 집에서는 식구들 먹을 음식이나 준비하니 대추나 제수용 과일을 필요로 하지는 않는다.

뒷산에 올라보면 며칠 전부터 밤이 아람 벌어서 몇 알씩

주워오는 재미가 쏠쏠한데 풋밤이 아닌데도 아직은 고소한 맛이 덜하다.

집에 며칠씩 과일 한 가지도 없었을 때가 있었는데 명절 대목이라 백과(百果)는 아니지만 대여섯 가지 과일이 있고 간간이 주워오는 밤 등으로 입이 궁금할 틈이 없어 역시 가을은 날마다 느긋하다.

돈 그거 다 부질없는 것이다

노자께서는 나에게, 아니 전 인류에게 한 말씀 주셨다. 상선약수(上善若水), 즉 흐르는 물처럼 다투지 말고 낮은 곳에서 겸손하고 자연스럽게 살라고 하시면서 자연의 섭리를 거스르지 말아야 건강하게 살 수 있으니 물처럼 유연하게 살라고 하셨다.

하지만 평범한 사람들이 속세에서 자연 그대로의 삶을 살아가기란 "부자가 천국에 가는 것이 낙타가 바늘귀로 들어가는 것보다 어렵다"했듯이 성인군자들도 시속(時俗)을 따라 아웅다웅하며 살았다고 한다.

나이든 사람들은 흔히 '돈 그거 다 부질없는 것이다'라는 말들을 하신다. 남들만큼 벌지도 못했으면서 평생을 돈에 매달려 살아온 것이나 진배없는 내 인생이라 그 말이 피부에 닿지 않았었다.

하지만 나이를 들어가면서 주변사람들이 하나 둘 이런 저런 병으로 고생을 하는 것을 보니 특히 돈 많은 사람이 일찍 선종한다거나 병치레를 하면 돈이란 부질없다는 말이 일리가 있구나 하게 된다.

사람은 누구나 무병장수를 꿈꾸며 살지만 나이가 들어가면서 누구도 피할 수 없는 인지능력 저하를 많이 겪게 되는데 예전과 달리 조기발견과 조기치료로 인지기능 개선에 효과가 입증되었다니 다행이다.

나이가 들었으니 해마다 건강검진을 하여 질병을 예방하고 노화를 마음으로 받아들여 몸과 마음을 안정시키는 게 제일 중요하다.

돈 그거 다 부질없는 것이다.

힌남노의 눈

세상에서 가장 부드러운 것이 가장 강한 것을 이겨낸다는 노자의 말씀이 있다. 그 말씀처럼 바다 한 가운데의 수증기 한줌이 모이기 시작하여 거대한 태풍으로 세력을 키워 지나는 길목의 여러 나라들마다 많은 피해를 주며 우리나라도 직접적인 피해를 주고 있다.

비…
바람…
구름…

외로움을 달래준다고 빗소리를 즐겨하는 사람이 많고 살랑이는 바람은 모두의 마음을 들뜨게 해주며 하얀 뭉게구름에는 답답함을 풀어준다.

비와 바람, 구름 하나하나는 그토록 낭만적이며 사랑스

러운데 두 얼굴이 있어 조금이라도 방심하면 한 순간에 모두의 모든 것을 송두리째 쓸어버린다.

유비무환이라고 한 마음으로 걱정하고 준비한 때문인지 예상했던 것보다 순하게 지나는 것 같지만 아직은 긴장의 끈을 놓지 말아야 한다.

주발 뚜껑의 송편 맛

　조선 제 19대 국왕인 숙종은 성질이 아침, 점심, 저녁이 다를 정도로 괴팍하여 세자 때부터도 왕후를 비롯하여 모두들 머리를 절레절레 하였다는데 14세에 왕위에 올라서는 그 성격대로 막강한 왕권을 장악하여 강력한 권력을 휘두르며 46년의 재위를 기록하였다.

　흠결이 있기는 하지만 장희빈을 노론, 소론의 정치적 세력다툼에 이용하기도 한 숙종은 민심을 살피기 위해 미복잠행을 많이 다닌 왕으로도 기록되어있다.

　어느 날 숙종이 남산골을 잠행 중 책 읽는 소리에 문틈으로 들여다보게 되었다. 남편은 책을 읽고 부인은 바느질을 하다 남편이 배가 고프다고 하니 벽장에서 송편 두 개가 담긴 주발뚜껑을 꺼내와 남편이 하나를 입에 물고 아내의 입에 물려주는 정겨운 모습을 보게 되었다.

이튿날 그 젊은 부부를 떠올리며 내관에게 송편이 먹고 싶다고 하니 푼주에 가득 담아 왕에게 바쳤고 숙종은 "이렇게 많이 먹으라니, 내가 돼지냐?"하고 화를 냈다고 한다.

이 숙종의 송편 이야기에서 "푼주의 송편이 주발 뚜껑 송편 맛보다 못하다"는 속담이 생겼다고 한다. 여기서 '푼주'란 대접보다 크고 양푼보다는 작은 그릇을 말한다.

명절이면 콩나물도 직접 길렀었고 엿을 고며 전을 부치고 두부를 하고 식혜는 물론 떡도 집에서 했던 기억이 있는데 부모님이 안 계시니 한 가지씩 안 하더니 이제는 전한 가지만 겨우 부치는데 내 대(代)가 바뀌면 그마저도 명절에 기름 냄새도 풍기지 않을 것이다.

하늘은 높고 마음까지 풍성해지는 한가위의 상징인 송편 꼭 드시고 온 가족 모두 화목(和睦)하길 바란다.

알아야 면장을 하지

오늘은 유네스코가 전 세계의 문맹퇴치를 위해 1967년부터 시행하는 "국제 문해(文解)의 날"이다. 해마다 특정 주제를 정하여 각국에서 기념행사를 펼치는데 금년의 주제는 '문해 학습공간 틀바꿈'으로 정했다. 코로나로 학교의 교육이 비대면으로 전환되어 더욱 많은 학생들이 문해의 어려움을 겪고 있으니 그 교육방식을 바꿔보자는 캠페인일 것으로 생각해 본다.

얼마 전 '심심한 사과'에서 '심심한'을 '심심하다'로, '무운을 빈다'에서 '무운'을 '운이 없다'라고 청소년들이 알고 있다는 청소년들의 문해력 문제에 대한 기사가 나와 사회적 파장이 수그러들지 않고 있다.

유네스코가 문해의 날을 진행하자 우리는 1989년부터

각국의 문맹퇴치에 공이 많은 단체나 개인을 위한 '유네스코 세종대왕 문해상'을 제정하고 상금을 출연(出捐)하여 시상하고 있다.

유네스코는 문해력이 뒤떨어지는 학생뿐 아니라 문맹으로 인한 사회적 불평등을 겪는 노약자와 부녀자들의 문맹퇴치를 위해서도 노력하고 있다. 글이나 뜻을 모르면 나 자신의 의사표시도 제대로 전달하지 못하며 생활에 필요한 정보습득도 어려워 사회적 낙오자가 되기 쉽기 때문에 그런 정보약자들이 교육의 혜택을 받도록 노력을 기울이고 있는 것이다.

"알아야 면장을 하지"는 속담이 있는데 이 말도 대표적으로 잘못 이해하는 말이다. 여기서 '면장'은 면사무소의 면장(面長)이란 뜻이 아니다. 부지런히 배우고 익혀 '답답함을 면하라'는 공자의 가르침에서 나온 말인데 학문을 게을리 하면 벽을 향해 서있듯 캄캄하니 열심히 공부하여 내 앞을 가로막고 있는 담장을 걷어내라는 뜻의 면장(免牆)이다.

배워야 면장을 한다.

달콤한 이슬이 내리도록 기도하겠네

1436년 함경도 정평과 영흥에 달콤한 이슬이 내리니 왕자의 덕이 하늘에 닿은 징표라고 신하들이 기뻐하였다는 기록이 있다. 그 외에도 여러 곳에서 여러 차례 감로가 내렸다는 기록에는 이슬의 맛이 꿀처럼 달았다고 하는데 이슬을 누가 무엇 때문에 왜 맛을 봤는지 궁금하다.

인도에서도 감로는 신선이 먹는 것이며 만병통치의 약이라 하였는데 매미도 바람과 이슬만 먹는다던데 신선이라고 불러야 할까?

지금도 기상관계자들이 눈비나 이슬의 맛을 보는지 모르겠으나 어제는 백로(白露)였는데 가을이 익어가는 것을 알리는 절기로 날씨는 선선해지고 흰 뭉게구름이 하늘을 수놓는다.

계절이 바뀌니 나날이 변하는 풍경은 사람들의 눈길을 끌지만 우리 또래는 너나없이 아프기 시작하는 나이라서 몸과 마음이 위축되고 누구라도 붙잡고 하소연하고 싶어 한다.

친구들아, 추석 성묘 겸 고향에 들릴 계획이 있다면 일상에 쫓기지 말고 도시에서 찌든 삶의 찌꺼기를 아침이슬로 씻어내고 가게나. 자네를 위해 만병통치의 약이라는 감로(甘露)가 내리도록 기도하겠네.

장밋빛 청사진은 언제

어제는 천주교 묘원이지만 우리 집안의 선산(先山)인 평화묘원에서 추석 위령미사가 있어 우리 부부와 아들내외 손자와 미사참례 후 성묘를 하였는데 동생네는 미리 성묘를 했다.

드넓은 묘원의 미사에 많은 가족들과 친지들이 참석하여 조상의 음덕 기리는데 아이들은 내 손자를 비롯해 단세 명뿐이어서 여기에 잠드신 이 많은 영혼들을 위해 누가 기도를 바칠 것인지 걱정이 앞섰다.

20여 년 동안 360조원이라는 예산을 쏟아 붓고도 효과가 없다는 출산독려정책은 세계 최저출산율이라는 성적표만 남았을 뿐이라니 예산을 어디에 어떻게 썼다는 것인지 의심스럽다.

저출산과 고령화로 50년 후에는 인구의 30%가 감소할 것이라는 암울한 발표는 국가의 존폐마저 우려되는데 생산성은 그보다 훨씬 심각하게 떨어질 것이다.

국민의 의식수준이나 교육수준에 맞는 양질의 일자리가 뒷받침되지 않는 조건에서 결혼이나 출산을 말하기도 어렵고 주택문제 또한 우려할 현실이다.

미래를 짊어질 젊은 세대를 위한 장밋빛 청사진은 언제 펼쳐질 것인가?

고려인삼

예나 지금이나 인류는 불로장생을 꿈꾸며 영약을 찾고 있었는데 한비자도 진시황도 불사약을 구하지 못했다.

원기를 보해주고 근력을 튼튼하게 해준다는 인삼을 청나라에서도 불로초로 인정을 하고 많은 양을 사들였다.

조선시대에 팔포법(八包法)이 있었는데 청나라에 사신으로 가는 관리들의 여비를 마련하기 위해 의주상인에게 인삼 8포를 가지고 연경에 가서 무역을 하여 그들의 경비를 쓰도록 한 제도였는데 10근 짜리 8포를 가지고 가면은 이천냥의 값어치였다니 큰돈이었다.

그 후 의주상인 임상옥이 인삼무역 독점권을 갖고 연경의 인삼값을 좌지우지하자 청나라 상인들이 단합하여 불

매운동을 벌이자 임상옥은 역으로 인삼을 팔지 않고 태워버리고 가겠다고 엄포를 놓아 오히려 더 큰 돈을 내고 사 갔다고 한다.

고려 고종이 개경에서 강화로 천도하면서 개성인삼을 강화에서 재배하기 시작하였는데 토질이 6년근을 재배하기에 적합하여 전량을 홍삼원료로 납품하는 등 그 품질을 인정받았다.

해마다 10월 초순이면 강화에서 6년근 인삼축제가 성황을 이뤘는데 코로나의 영향으로 중단되었는데 금년의 계획은 어떤지 아직 홍보가 없다.

친구야 아프냐? 나도 아프다

　주변에서 기운이 없다거나 기력이 전만 못하다는 말들을 듣는데 기운이나 기력이나 그 말이 그 말 같은데 기력은 움직이는 힘이고 기운은 움직여보려고 마음먹는 생각의 힘이 아닐까?

　30여 년 전 무거운 물건을 들다 허리를 다쳐 병원에 갔더니 왼쪽허리근육 파열이라는 진단을 받고 주사 한 대와 파스 몇 번 붙이고 젊은 혈기로 버텼지만, 시간이 갈수록 특히 겨울철이면 통증이 도져서 고생을 하며 차츰 나이가 드니 허리근육이 약해져서인지 점점 더 아프지만 침이나 한번 맞거나 참는다.

　나이 들어갈수록 근력운동과 유산소운동을 해야 한다고 귀에 못이 박히도록 듣지만 큰 뜻을 이루려는 대장부들은 꾸준히 실천하지만 우리같이 의지력이 약한 졸장부들은 쇠귀에 경 읽기라 듣는 그때뿐이다.

나뿐 아니라 또래의 친구 몇몇도 허리가 아파 고생을 하며 통증클리닉 문지방이 닳도록 다닌다고 하는데, 한 친구는 수술권유로 수술을 한지 1년이 지났는데도 발이 저려 한 정거장 거리도 못 걷겠다고 하며 또 한 친구는 수술 후 10여년이 되는데 수술 후부터 다리에 힘이 없어 운전도 못하고 있다.

TV에 나오는 큰 병원 의사들이 웬만하면 허리수술은 권하지 않는다고 하던데 그 말을 그 친구들도 믿었다면 고생을 덜하지 않았을까?

가을은 늘 넉넉하다

　추석이 지나면서 여름이란 단어는 사라지고 해가 짧아지며 가을이 급속히 익어가고 채마밭의 김장거리도 쑥쑥 자라니 농촌의 가을은 느긋하다.

　간절기에 잠시 일손이 한가해지자 농부도 시인의 가슴처럼 상념(想念)을 토해내고 싶어 하늘도 쳐다보고 연필도 잡아보고 싶은 충동에 헛기침을 해대며 혼자 방안에 앉아본다.

　명절을 맞아 모처럼 얼굴을 맞대던 피붙이들이 연휴가 끝나기 무섭게 서둘러 돌아간 농촌의 어젯밤은 더욱 쓸쓸했고 풀벌레들조차 낌새를 챘는지 밤새도록 울음을 그치지 않았다.

가을은 이제부터 산 좋고 물 좋고 하늘도 좋을 테고 마음부터 풍성하고 풍요롭고 풍족해지는 계절이다.

가을은 늘 넉넉하다.

이것이 힐링이다

식물들은 보통 여름의 생육기를 지나고 가을에 결실을 맺는다고 하는데 구절초는 음력 9월 9일까지 아홉 마디 자란다고 구절초(九節草)라 한다는 말도 있고 또는 음력 9월 9일에 꺾어 약재로 사용하기 때문에 구절초라 했다는 말도 전해진다.

화단에 자라는 구절초를 살펴보니 우슬초는 마디가 확연한데 구절초는 꽃망울은 수없이 맺혀있는데 마디라 하기 보다는 가지가 뻗어 나오는데 잘 모르겠다.

구절초도 종류가 많고 쑥부쟁이나 벌개미취 등 수많은 야생화들이 그냥 들국화라는 이름으로 불리는데 화사한 꽃의 이름이 뭐든 길섶 잡초덤불을 밝게 비춰주니 고마울 따름이다.

샛노란 감국(甘菊)과 산국(山菊)도 구별하기 어려워하는데 감국은 꽃이 약간 크며 성글게 피고 산국은 꽃이 덩어리로 많이 피며 꽃이 작다.

나들이하기 좋은 계절인데 복잡한 유명 관광지만 고집하던 관행을 벗어나 한적한 들길이나 산기슭을 걸으며 구절초, 쑥부쟁이 등 야생화를 마주하며 하늘과 땅에 넘치는 좋은 기운을 받아들이는 게 진정한 힐링일 것이다.

가을밤 비는 내리고

가을바람에 외로워 시를 읊건만

세상천지 나를 알아주지 않네

깊은 밤 창밖엔 비가 내리고

등불 마주하니 마음은 만리(萬里) 고향에 가있네

옛사람들도 가을이면 누구나 외로워지며 손에 잡힐 듯한 애절한 그리움을 쏟아냈다. 위의 글은 고향을 그리워하며 쓸쓸해하던 자신의 마음을 나타낸 최치원의 대표작이랄 수 있는 '추야우중'이다.

현대인들은 고향을 물어보면 난감해하는 사람들이 있다. 고향이란 따뜻하고 정겨운 추억이 서려있어야 하는데 태어나자마자 엄마의 냄새를 맡아볼 겨를도 없이 간호사의 손에 의해 격리되어 낯선 우유병에 길들여지고 첫발을 디딘 곳도 부드러운 흙이 아닌 차가운 콘크리트나 석유 냄새나는 아스팔트다.

그러니 고향이란 어렴풋할 뿐 고향이 무엇인지 고향이 필요한지조차 모르는 채 모두들 그렇게 살아가고 있다.

고향이라면 거의가 농촌을 떠올리는데 농촌인구의 급격한 감소와 고령화로 소멸위기에 처한 고향을 살리자는 취지의 '고향사랑 기부세(고향세)'를 만들어 내년 1월부터 시행한다고 한다.

자신이 현재 거주하지 않는 연고가 없더라도 타 지역(광역시 포함)에 기부하여 지역간, 도농(都農)간의 불균형을 완화시키자 제도다.

기부금을 내면 10%의 세액공제와 30%의 농축산물 답례품을 주는 제도로 10만원을 기부할 경우 13만원을 돌려받는 효과가 있는 기부금을 고향발전기금으로 활용하여 농촌에 활기를 불어넣으려는 취지다.

아무리 발달한 산업사회라 하더라도 식량주권이 보장

되지 않는다면 이번 우크라이나 전쟁으로 위기에 처한 세계경제보다 더욱 혹독한 식량위기에 처할 것이다.

　도시나 농어촌 어디에서 무슨 일을 하던 누구나 애환이 많겠지만 슬기롭게 헤쳐 나가고 만족할 줄 아는 사람만이 성공한 삶일 것이다.

거짓된 삶을 살다

가을은 누구나 사색에 잠기는 계절이라 밤을 새우며 내 인생의 궤적을 보며 삶을 성찰해보고 싶은 계절이다.

노자는 우리에게 살아가는 여정을 흐르는 물처럼 지체하지 않으면서도 다투지 않으며 어떤 형편에 처하더라도 거기에 맞게 처신하며 만물의 생명을 유지하도록 해주되 자신을 나타내지 말라는 등 자연의 순리대로 살아야 행복하다는 가르침을 준다.

하지만 나는 아직도 삶의 여정을 잠시 멈추고 "내 안의 나를 돌아볼 생각이 없다. 나는 더 나아가 더 많은 것을 가져야 한다."고 고집하느라 물질적이든 정신적인 것이든 진정한 나를 남에게 보여주지 못하는 거짓된 삶을 살고 있다

가을은 모든 오장육부가 열리고 생각까지도 열린다는데 내 마음이 열리지 않는 이유는 무엇일까?

나는 농부이면서 한손엔 연필도 쥐고 있는데 농부는 단순하게 농사일만 하는 사람이 아니다. 농(農)자를 풀어보면 곡조(曲調)할 때 곡(曲)자와 별진(辰)을 합쳐 별을 노래하는 서정적인 사람이란 뜻이 있다는데 그저 소소하고 잡다한 일에나 매달리고 얽혀있어 이 가을에 시 한편 못 읊을 것 같다.

연무당과 술항아리

오래전 울산의 외고산 옹기마을을 가보게 되었다. 처음엔 그저 가마 몇 군데 있으려니 했는데 막상 가보니 전국 옹기의 절반 이상을 생산한다는 최대 규모의 마을이었다.

옹기라고 하면 독이나 항아리, 뚝배기 정도로 생각했는데 각종 생활용품 모두를 옹기로 제작하고 있어 놀랐는데 가격 또한 만만치 않아 또 놀랐다.

어제는 지인이 보관하던 항아리 두 개를 선물로 주셨는데 하나는 오지항아리고 하나는 토기와 비슷한 색깔인데 내 가슴 높이의 큰 것이다.

오지항아리에는 소화(昭和)년도 표기가 있고 酒 몇, 斗 몇, 升 표기를 도장을 찍은 듯 새겨있는 게 왜정시대에 만든 100여년은 된 술항아리가 아닐까?

일제는 운요호를 우리고장 초지진에 식수를 구한다는 명목으로 정박하여 해안선을 측량하는 등 주권침해를 일으켜 충돌이 일어나고 그 사건을 빌미로 이듬해인 1876년 2월 강압에 의한 강화도 조약을 강화 연무당에서 체결하였다.

그들은 1905년 을사늑약 후 본격적인 수탈행위를 저지르며 우리 고유의 민속주도 말살시키고 그들의 탁주와 정종을 보급하기 시작하여 그 때 만들어진 술항아리가 아닐까 생각해본다.

연무당은 강화유수부의 군사 훈련장이었으나 조선이 외국과 최초로 맺은 근대 조약의 장소이기도 하였는데 결과적으로는 을사늑약까지 이어져 국권을 찬탈당하는 치욕의 장소가 되었다.

토장국, 된장국

맛집으로 이름난 식당 음식이라도 두서너 번 먹으면 이
내 싫증을 느끼게 되지만 맛이 없다고 타박을 하면서도
집에서 먹는 밥은 평생 질리지 않고 잘 먹으니 건강하게
살아가는 것이다.

쉐프의 음식은 식재료나 양념의 양이 규격화되어 먹어
보면 지루한 맛인데 엄마의 음식은 김치나 찌개를 먹더
라도 만들 때마다 짜거나 달거나 맵거나 그때그때 다 다
르기 때문에 같은 음식을 먹게 되더라도 새로운 맛을 느
끼게 된다.

또한 매일 먹게 되니 혀가 기억하고 머리가 기억하고 마
음에 녹아들어 엄마의 손맛이 맛의 기준이 되며 몇 끼만
못 먹게 되면 없는 병도 생길정도가 된다.

요즘은 김장무를 솎아 토장국을 자주 끓이는데 맛이 좀 다르게 느껴져 우거지가 쇠서 그런가 했더니 된장이 바뀐 탓이란다.

우리뿐 아니라 거의가 된장을 사먹거나 지인들에게 얻어먹는데 내가 아는 지인의 된장은 명인은 아니라지만 우리 엄마의 된장맛보다 훨씬 맛있는데 솜씨가 무뎌질까 봐 해마다 일정량을 담는다고 한다.

두어 번 얻어먹어보니 '이게 내가 원하던 된장 맛이야' 했지만 염치가 없어 더 달라고 할 수도 없지만 내가 된장 고추장을 담을 재간도 없으니 얻은 된장이 떨어지면 시중제품을 사먹는다.

아욱을 늦게 심었는데 마른새우를 넣고 토장국을 끓일 생각에 침이 고이는데 토장국, 된장국 그게 그거 아닌가 하겠지만 토장국은 된장을 쌀뜨물과 우거지에 건새우나 멸치를 넣어 단순하게 끓이는 것이고 된장국은 육수를 내어 두부, 호박, 감자, 고기 등 많은 재료에 고추장을 조금 넣어 끓이는 것이라고 생각한다.

모든 임무는 끝났다

여행은 가슴 떨릴 때 떠나야 한다는데 유럽여행을 준비하던 중 코로나로 취소되고 이제는 다리가 떨릴 나이가 되었으니 꿈에 그리던 로마의 성 베드로 대성전과 런던 브릿지를 밟아볼 기회는 어렵게 되는가보다.

전 세계 대부분이 공화국 체제인데 아직도 왕이 군림하다니 하겠지만 아직도 40여개 나라는 왕이 존재하는데 거의가 상징적인 자리며 군림하되 통치하지 않는다고 한다.

어제는 영국 엘리자베스 2세 여왕의 장례식이 전 세계인들의 애도(哀悼)속에 거행되었는데 참가한 각국 지도자급이 2,000여명에 조문행렬도 100만 명이라고 하니 인류 역사상 최고로 성대하고 장엄한 세기의 장례식이 아니었을까?

관 위에 올려놨던 96세의 여왕의 지팡이를 부러뜨림으로 여왕의 모든 임무는 끝났음을 알렸다는데 여왕은 재위기간동안 지아비를 섬기고 4남매를 키웠으며 왕실의 위엄(威嚴)을 곧추세워 수신제가 치국평천하를 몸소 실천하였다.

여왕폐하! 고이 잠드시다.

흰다리새우

　사십여 년 전 해외여행 자유화에 편승하여 뒤질세라 두 부부가 당시엔 흔하고 편리한 패키지여행인 태국, 싱가포르, 홍콩을 다녀왔다.

　첫 도착지인 태국이 국제적인 유명 관광지인줄은 도착하여 느꼈는데 각종 수상레저기구와 화려하고 요염한 야간업소 무희(舞姬)들의 밤 공연에 얼굴이 빨개지기도 하였다.

　싱가포르에 도착해서는 점심에 밥은 안 주는 대신에 대하를 배터지도록 먹게 해준다는 가이드의 말에 내심 기대를 하였다.

　대하라면 엄지손가락 굵기의 오도리가 아닌가, 이것만

배불리 먹어도 본전은 뽑겠네 했는데 막상 마주하고 보니 말려서 국에 넣어먹는 홍새우 크기라서 실망하며 패키지여행의 한계임을 처음 체득하였다.

강화는 갯벌장어와 새우양식으로 유명한데 새우의 크기가 왕새우나 대하(大蝦)에는 못 미치지만 전 세계인들의 사랑을 받는 흰다리새우도 있다.

요즘 해변가 곳곳에서 생새우 1kg에 3만원씩 판매하고 있는데 작년에 비하면 크기가 약간 작은 느낌이지만 맛은 '역시 이 맛이야!' 할 정도로 좋다.

계란이나 우유 다음 갈만큼 각종 영양소가 풍부한 새우는 성장기 어린이들과 노년층의 골다공증 예방에도 좋다고 한다.

이 가을에 더욱 거칠어질 것이다

북두칠성이 방향을 바꿔 서천을 가리키고

선선한 조석기운 추의(秋意)가 완연하다

농가월령가의 한 줄인데 저녁이면 풀섶의 낭랑한 풀벌레소리가 가을에 취하게 한다.

이제부터 밤이 점점 길어지고 하늘은 높아지고 바람은 더욱 맑아지고 코로나로 중단되었던 각 지방축제가 봇물이 터지듯 열리는데 추분인 오늘, 우리고장에도 인기가수 장윤정이 온다니 보나마나 구름관중일 터이다.

산과 들 어디나 푸르름은 누렇게 바래가고 콩 꼬투리도 배가 불러지기 시작했고 들깨꽃은 아직도 완전하지 못하지만 세월감은 싫어하면서 작물의 성장은 재촉하는 이율

배반적 농부의 심보를 하느님은 긍휼히 여기시겠지.

  낡은 유물 같은 말처럼 들리겠지만 가을이면 등화가친
(燈火可親)이란 단어가 떠오르는데 점점 책을 읽는다는
게 이렇게 어려운 일이 되어가다니, 나 말고도 글을 읽으
려하지 않는 많은 사람들의 가슴은 이 가을에 더욱 거칠
어질 것이다.

다 그런 것은 아니지만

사람들은 나이가 들어가면 복잡하거나 지루한 것을 참지 못하는 성격으로 변하기 마련이다. 2,600여 년 전의 노자는 후세(後世) 사람들의 심리를 알아차리고 간단하게 5천여 자(字) 정도의 짧은 교훈서인 도덕경을 남겼지만 현대인들은 그마저도 외면하려한다.

제 1장 도가도 비상도에서 제 81장 신언불미 미언불신에 이르기까지 간결하면서도 단박에 깨달을 수 있는, 살아가면서 꼭 지켜야할 도리(道理)를 제시해주는데 동서양 여러 성인이나 철학자들의 기본 가르침이 노자의 도덕경에 있는 내용들을 각색한 것 아닐까 하는 의심을 갖게 한다.

공자가 말하는 인간의 기본적 덕목인 인의예지보다 노

자는 상선약수(上善若水), 세상에서 가장 으뜸인 것은 만물을 이롭게 하면서도 가장 낮은 곳에서 묵묵히 만물을 섬기는 물 같은 삶의 자세를 갖추라는 것이다.

다 그런 것은 아니지만 현재 우리사회의 일부 정치인이나 일부 교육인들은 직분에 대한 철학이 없으며 무지(無知)하고 또 무지(無智)하니 충(忠)을 제대로 이해하지 못하고 저희 소속단체에만 맹종하고 국민을 섬기려하지 않는다.

정치인이나 일반 교육인들에게도 안식년 제도를 만들어 자기계발과 충분한 휴식을 갖고 낮은 자세로 봉사하는 공복(公僕)이 되려는 철학을 갖는다면 좋겠다.

얼마나 애간장을 졸이시며

오래 전 손자며느리를 보게 되던 해에 어머니는 시골의 친척들에게 전화를 하셔서 내년부터는 수수를 꼭 심어달라고 신신부탁을 하셨다.

해마다 가을이면 추수 후에 친척들이 이것저것 주시는 농산물 중에 수수쌀도 있어 밥에 넣어먹곤 하였는데 수수잡곡밥이 드시고 싶으신가보다 짐작만 하고 왜냐고 여쭙지는 않았다.

자주 넘어지는 사람한테 하는 말 중에 "돌 때 수수경단도 못 얻어먹었나?"는 속담이 있을 정도로 아이들의 백일상이나 돌 때부터 열 살이 될 때까지는 할머니가 꼭 수수팥떡을 해주어야 한다는 속설이 전해지고 있다. 아이들의 생일상에 수수팥떡을 차리는 것은 붉은 수수와 팥이

귀신을 물리치고 건강하게 자란다고 믿었기 때문이다.

어머니의 속셈은 증손주를 보게 되면 수수팥떡을 해주시려고 수수를 심어달라고 부탁을 하셨던 것이었다. 그렇게 큰 뜻이 있으셨을 줄이야! 그런데 아들이 혼인 후 3년이 되어서야 아기를 잉태하였으니 어머니는 그동안 얼마나 애간장을 졸이시며 수수쌀을 만지작거리셨을지.

귀촌하여 수수를 심어보니 수수가 고개를 숙이기 전부터 새가 달려들어 이삭을 쪼기 시작하여 양파망을 씌우곤 했었는데 차츰 작물종목을 줄여가느라 지금은 심지 않는다.

진지 잡수셨어요?

삼십 초반에 새로운 직장에 입사하여 정신없는 와중에 부산 출장 중 가슴이 찡하였던 일이 있었다. 주문한 식사를 마주했는데 당시에는 귀하던 하얀 쌀밥 한 그릇이 순간, 거룩하게 보인 것이다. 6·25 한국전쟁 후 너나없이 가난하여 점심이란 단어조차 떠올리지 못하는 사람들이 대부분이었으며 밥에 대한 절대적 경외심(敬畏心)이 몸에 밴 내가 어떻게 거룩한 밥그릇에 서슴없이 숟가락을 댈 수가 있단 말인가?

그 시절엔 전통적 인사법이 어른을 만나면 '진지 잡수셨어요?' 혹은 '안녕히 주무셨어요?'였다. 그런 인사말은 인사치레가 아니라 등 따시고 배부른 생활이 삶의 목표였던 사회의 관습이 만들어낸 인사법이었다.

가난했던 우리네가 선망의 눈으로 바라보던 50여 년 전 고봉밥이 이제는 하루에 한 공기 반 정도로 줄어서 고봉밥 한 그릇으로 이틀을 먹는 셈이니 소비 부진과 쌀값 하락으로 농민들의 시름은 깊어가고 있다.

　쌀 수확기인 지금 수확의 기쁨을 저주해야 하는 웃지 못할 현실에 농민들의 한숨이 여기저기서 들리는데 각 지역의 미곡처리장마다 재고가 넘쳐있어 수확한 햇벼를 쌓아둘 장소가 없다고 한다.

　한국인은 밥심으로 산다는 말도 호랑이 담배 먹던 시절의 얘기가 되어가는 씁쓸한 현실이지만, 우리 밥 한번 먹으면서 농민들에게도 힘을 보태주자.

너 자신을 아느냐?

　가을이면 겨울잠을 준비하는 벌레나 파충류, 동물들이 흙속이나 돌 틈, 굴속을 찾아 들어가는데 사람들도 생각하는 계절 가을에는 자신의 마음 깊숙한 곳으로 들어가 자신을 찾아보고 싶어 한다.

　가을엔 누구나 삶의 여정에서 쉼표를 찍고 왜 사느냐는 물음을 쉼 없이 던지지만 명쾌한 답을 얻기란 매우 어렵다.

　우리가 사는 세상에서 남을 아는 것도 중요하지만 나 자신을 아는 것이 더 중요함을 인식하지만 답이 있을 리가 없다. 그냥 산다는 사람이 너무 많은 세상이니까.

　노자는 지인자지(知人者智) 자지자명(自知者明)이라

했다. 다른 사람을 아는 것이 지혜라면 나 자신을 아는 것은 자신을 세상에 드러내 보이는 자신감 곧 힘이라 했다.

사색의 계절 가을에는 이런 저런 잡념에 빠져보는 것도 영혼을 살찌우는 일이 아닐까?

축제와 식욕의 계절

우리는 '천고마비'를 풍성한 계절을 표현하는 아름다운 말로 쓰고 있지만 중국인들에게는 다른 의미의 말이기도 하다. 북방의 흉노족들이 해마다 말들이 살찌는 가을을 기다려 강력한 기마병을 이끌고 중국의 변방을 침입하니 약탈에 시달리던 중국인들에겐 말이 살찌는 가을이 두려운 계절이었다고 한다.

중국인들에겐 치욕스러운 계절이었지만 우리는 1년 중 가장 아름다운 풍요와 결실의 계절 가을이다.

금년 가을부터는 코로나로 중단되었던 가을축제가 전국적으로 열리며 국민들의 관심을 끌고 우리 고장에서도 강화문화제야행, 강화섬 포도축제, 삼랑성 역사문화축제 등 축제들이 연이어 열리고 있다.

가을엔 뭐니뭐니해도 식욕의 계절이며 무슨 음식이든 입맛을 살려주는데 왕새우철은 지나가고 있으며 고구마가 제철을 맞았다.

지난 주말 손자 녀석이 한 이랑 캐서 가져갔는데 고구마가 손자 녀석 만큼이나 튼실하게 잘 자랐다. 녀석은 감자나 고구마 호박은 잘 먹지만 토마토나 다른 야채를 싫어해서 걱정이지만 아이들의 커가는 과정이라고 생각한다.

요즘엔 풋고추 장조림과 순무를 솎아서 김치를 담았다. 순무김치는 아삭아삭하며 시원한 맛이 나는데 딱딱한 식감과 순무 잎 특유의 옅은 겨자 냄새 때문에 싫다는 사람도 있다. 순무김치는 다른 김치와 달리 고춧가루외의 다른 양념을 넣지 않고 수분이 생기지 않아 생수를 약간 넣어 깔끔하고 시원한 맛이 일품이다.

이제부터는 애호박 새우젓찌개가 제 맛을 낼 차례인데 호박이나 감 등이 금년엔 흉작이라 시골농부가 애호박도 사먹어야 할 형편이다.

풍년일까, 흉년일까?

강낭콩과 감자는 제일 먼저 파종하고 제일 먼저 수확하는 작물인데 1년 농사는 강낭콩 되는대로 된다는 어른들의 말씀이 생각난다.

강낭콩이 잘 되면 그해 농사가 풍년이라는데 생각해보니 금년 봄 강낭콩 밥을 먹었는지 기억이 가물가물한 게 흉작이었나 보다.

예부터 강도육미(江都六味)라고 강화를 대표하는 6가지 음식인 밴댕이, 낙지, 까나리, 순무, 동아(숭어 새끼), 장준감이 있는데 장준감은 600여 년 전의 기록에도 임금님 진상품이었다는 기록이 있는 특산물이다.

옛날부터 감나무는 안마당이나 뒤란 등 사람과 최대

한 가까운 거리에 심어 관심을 가지며 가꾸고 있는데 일곱 가지 덕(德)과 다섯 가지 절(節) 있다고 하여 알아보니 수명이 길며 잎이 무성하여 시원한 그늘을 만들어주며 단풍이 예쁘고 맛이 일품이며 벌레가 들끓지 않으며 새가 둥지를 틀지 않고 낙엽이 많아 거름으로 쓰기에 좋다고 일곱 가지 덕(德)이라 하며 잎이 넓어 글씨연습하기에 좋아 문(文), 나무로 화살을 만들어 무(武), 겉과 속이 한결같아 충(忠), 홍시를 치아가 없는 어른들이 먹기 좋아 효(孝), 엄동에 까치밥이 되어주는 애(愛)를 합쳐 5절(節)이라 하였다.

한여름만 해도 감이 많이 열려 보기 좋았는데 자꾸 떨어지더니 감나무 세 그루 중 두 나무는 한 개도 없으며 한 나무에 여남은 개 남았다.

황금들판은 풍년을 안겨줄 것 같지만 어른들 말씀은 강낭콩이 흉작이니 추수를 해봐야 쌀이 얼마나 나올 것인지 안다고 조심스러운 말씀을 하신다.

서툰 농부의 전원일기

중국의 춘추전국시대는 크고 작은 나라들마다 영토 분쟁에 전쟁이 끊이지 않던 시기였는데 그런 전쟁에도 불문율이 있었으니 농한기에만 농민을 전쟁에 동원하고 농번기에는 전쟁을 하지 않았다고 한다.

어느 나라 농부든 농한기와 농번기가 있어 농한기에는 그냥 노는듯하지만 역사적으로 보면 전쟁이나 부역에 동원되는 희생을 강요당하기도 했는데 농한기란 옛날 벼농사에 국한됐을 때 얘기고 재배작물이 다양화된 지금은 일 년 내내가 농번기다.

매실 밭 잡초가 우거져 이틀을 예초기로 깎았더니 양손이 따로 노는 듯 힘이 빠져서 숟가락 들 힘조차 없다.

머그컵에 커피를 한 잔 마시려니 컵이 무거워 입에 대기조차 힘들어 손자 녀석이 아기 때 쓰던 작고 가벼운 컵을 꺼냈다.

어제는 고구마를 캐는데 코피가 쭈르르 흘렀지만 농작물의 파종과 추수는 분초를 다투는 일이라 코피에 일손을 놓고 휴식을 취할 형편이 아니다.

우리네 소농(小農)들의 애환은 각종 농기계를 구비하지 못하고 맨손의 힘에 의존하다보니 어쩔 수 없는 현실이다. 방법은 규모를 늘려 기계화를 하던가, 더 줄여서 텃밭이나 가꾸던지 둘 중의 하나뿐이다.

하늘은 높고 청량한 바람은 춤을 춰주니 농부는 막걸리 한 사발에 가슴이 시원하다.

대중탕에서 목욕을

우리는 툭하면 '목욕재계'하고 일을 도모한다는 말을 자주 사용하는데 유교문화를 중시하는 조선시대에 알몸을 드러내 보이며 목욕을 한다는 것은 예의에 어긋나서 옷을 입고 씻었다고 한다.

조선시대의 사대부들은 삼복중에도 물에 발이나 담글 정도였다는데 전해오는 그림에는 여인들이 계곡에서 목욕을 하는 것을 훔쳐보는 유명한 그림도 전해지고 있어 정확한 목욕문화를 가늠하기가 어렵다.

또한 조선말기 개화파를 이끌던 박영효는 고종에게 올린 건백서(建白書)에서 '인민들을 가르쳐 목욕할 수 있는 곳을 만들어 때때로 몸을 닦게 하여 더러운 것과 전염병을 면하도록 깨우쳐야 합니다.'하였다

언제부턴가 찜질방 문화가 번창하면서 외국에까지 진출하였는데 우리의 때밀이 솜씨를 이태리 타올과 함께 우리의 고유한 목욕문화를 외국에 뽐내는 계기가 되었다.

각 가정마다 욕조를 설치하던 문화에서 간소하게 샤워부스로 대체하기 시작했고 코로나가 기승을 부리자 대중탕에 가기를 꺼리게 되어 집에서 늘상 샤워로 대신하다가 코로나 바이러스에 겁을 먹은 이후 처음으로 온천 대중탕엘 가보니 역시 몸을 씻으려면 대중탕에서 이마에 송골송골 땀이 맺히도록 앉아있어 봐야 몸과 마음과 생각이 일체가 되어 나 자신을 사랑하고 있음을 깨닫게 된다.

탐조객들의 성지, 강화

농경사회에서 가을은 농사를 끝내고 혼례(婚禮)를 올리는 계절로 많은 신혼부부들이 탄생하는데 공자가어에 "얼음이 녹으면 농사일과 누에치는 일이 시작되고 혼례를 치르면 사람의 일이 시작된다."고 혼례의 중요성을 말하였다

관혼상제 중 혼례를 으뜸으로 여겼으며 혼례를 올림으로 사회 구성원으로의 몫을 하게 되는 것이다.

전통혼례의 하이라이트는 전안례(奠鴈禮)로 신랑이 기러기를 초례상에 올려놓고 절을 하면서 혼례식이 시작되는데 한 번 짝을 맺으면 평생 헤어지지 않는 기러기의 습성대로 백년해로를 간절히 바라는 마음으로 기러기를 신부 측에 전하는 것이다.

가을이 깊어지자 기러기가 혼례의 계절임을 알아차렸
는지 떼를 지어 날아오기 시작하고 있지만 지금은 전통
혼례를 올리는 사람도 드물고 그나마 오래전부터 나무
기러기로 바뀌었다.

　금슬이 좋기로 이름난 기러기지만 외기러기니, 기러기
아빠니 하는 부정적인 이미지도 있지만 이곳 강화에 잠
들어있는 동방의 시호(詩豪)라 불리는 고려의 문신 이규
보는 많은 작품에서 기러기를 즐겨 읊었는데 그 중 '감로
사'를 권해본다.

　강화에는 천연기념물인 세계 5대 갯벌이 있어 전 세계
의 여러 종류의 철새들의 중요한 이동경로인데 농경지
들판을 주로 찾는 기러기들 중에는 희귀한 종류도 많아
탐조객들은 성지로 여길 정도다.

농부의 궁색한 살림살이

요즘 농촌에서 손쉽게 해먹는 반찬 중에는 애고추 무침이나 조림이 있다. 특히 나이든 사람들이 좋아하는데 고추는 벌써 끝물이라 이제는 서리 맞기 전에 따서 소금에 삭히려고 서두는 사람들이 많다.

금년에 고추의 병충해로 두 물 따고 뽑아버렸더니 애고추를 따려면 이웃의 고추밭을 기웃거려야 하는데 나 같은 사람이 많아 애고추가 귀한 편이다.

식성이 변해 점점 짭짤하면서 개운한 장아찌 종류를 좋아하게 되는데 깻잎, 머위잎, 두릅, 마늘, 애고추를 주로 담는다. 나는 마늘장아찌를 좋아하고 깻잎 장아찌는 며느리가 아주 좋아해 마늘과 깻잎은 많이 담는다.

예전에는 곰취 장아찌도 많이 담아보았지만 잎이 너무 넓어 먹을 때마다 찢어야 하는 번거로움과 직접 재배하지 못하니 멀리하게 되었다.

농촌에 살면 안전한 제철 먹거리를 거의 자급자족하게 되니 좋기도 하지만 소농(小農)의 주머니는 넉넉지 못해 살림이 궁색한 게 흠이다.

800년을 이어오는 음식

선조는 왜란(倭亂)을 피하기 위한 피난길에 산중에서 먹을 것이 없어 고생을 했는데 산골사람들이 도토리묵을 만들어 바쳐 굶주림을 면하게 하였다고 한다.

고려의 고종도 몽골의 침입에 전쟁의 형세가 불리하게 되자 제대로 된 준비도 없이 급박하게 강화도로 천도하여 척박한 섬에서 의식주 모든 조건들이 열악하여 고생을 하고 있었다.

그런 왕의 모습을 지켜보던 백성들이 강화의 특산물들을 모아 음식을 만들어 바쳤는데, 소고기가 없어 돼지갈비를 잘게 썰어 두부와 배추속대를 넣고 새우젓으로 간을 맞춰 수라상 마련하였다는 젓국갈비가 강화의 색다른 향토음식으로 800여 년 동안 이어져오는 고려시대의 음식으로 사랑을 받고 있다.

옛 시대의 소금은 전매품으로 국가에서 관리할 정도로 중요한 자원이었으며 식용에서 공업용까지 광범위하게 사용되는데 좋은 새우젓을 만들기 위해서는 좋은 소금을 적정량 넣어야 하는데, 간혹 포구의 배 위에서 새우젓 담는 풍경을 보게 되면 얼핏 새우보다 소금의 양이 많아 보이지만 소금을 적게 넣으면 새우가 상하여 젓국이 탁하다고 한다.

새우젓 주산지여서인지 요즘 길가에선 김장철을 준비하는 새우젓을 실어 나르는 차를 자주 보게 되는데 감칠맛이 뛰어난 강화 새우젓의 금년 시세나 유통량이 얼마나 되는지 궁금하다.

기러기의 생태변화

東西日月門이오
南北鴻雁路라,

동서쪽으로는 해와 달이 뜨고 지며
남북 쪽으로는 기러기가 오고 가는 길이다

조선시대 학동들에게 가르치던 대목인데 지금의 자연
과목일까?

지구를 반 바퀴 돌아오는지, 반의 반 바퀴를 돌아서 오
는지 가을이 깊어갈 무렵이면 어김없이 기러기 떼가 북
쪽에서 내려오는데 한밤중에도 안개가 자욱한 하늘에서
도 쉼 없이 소리를 내며 이동하고 있다.

기러기는 생체 네비게이션를 갖고 태어나 가고자하는 방향과 거리 시간 등을 정확하게 계산하는 감각이 있어 어떤 조건에서도 이동에 장애를 느끼지 못한다고 한다.

　흔히 기러기는 V자 대형을 이루며 날아다닌다고 생각하겠지만 하늘높이 이동하는 기러기 떼가 어느 때는 오합지졸의 형태도 많고 무리에서 이탈하여 두서너 마리가 다른 방향으로 날아가기도 하며 참새 떼처럼 나르다가 뿔뿔이 흩어지기도 하는 등 기러기들이 맞는지 의문이 들 때도 있다.

　기러기 세계에도 생태변화의 물결이 일고 있는가?

드디어 해내고 말았다

1901년 제정된 노벨상의 수상자 발표가 이어지고 있는데 생리의학상, 물리학상, 화학상, 문학상, 평화상, 경제학상 등 6개 분야에서 인류를 위하여 공헌한 분들에게 노벨상을 수여한다.

수상자들에게 엄청난 권위와 명예를 안겨주는데 한 번도 어려운 상을 두 번이나 수상하는 업적을 이룬 분들도 계시지만 한 가지 아쉬운 점은 생존한 사람에게만 수여하는 것이라고 생각한다.

책을 좋아하다보니 자연 문학상에 관심이 있었는데 금년 문학상은 프랑스의 아니 에르노 작가가 선정되었는데 부끄럽게도 그의 작품을 읽어본 적이 없다.

수상자를 발표하면서 한림원에서는 '우리는 작품 자체의 문학적 질에 집중한다'고 선정하게 된 배경을 설명하였는데 수상자는 '직접 체험하지 않은 허구를 쓴 적은 한 번도 없고 앞으로도 그럴 것'이라고 하였다.

벌써 20여 년 전 그의 이름으로 '아니 에르노 상'이 제정되어 이어져오고 있으며 고령에도 왕성한 작품을 발표하면서 드디어 노벨 문학상의 영광을 안았다.

무생채와 무나물

전국시대(戰國時代) 중국의 현실은 약육강식의 시대라 할 만큼 각 나라마다 크고 작은 전쟁이 그치지 않았으며, 전쟁을 대비하기 위한 강력한 국방력을 기르기 위하여 제후의 자손이든 평민의 자손이든 등용문을 개방하여 능력 있는 인재를 끌어 모으기에 힘썼다.

전국시대에 전쟁을 준비할 때에는 전쟁 중 병사들의 부식용으로 쓸 무를 먼저 많이 심었다는데 무는 아무 땅에서나 잘 자라고 적은 비용이 들어 전쟁에 패하여 버리고 가더라도 부담이 없으며 여러 가지 반찬을 만들 수 있는 장점이 있다.

김장용으로 심어놓은 무가 살이 오르고 달금하여 생채로도 무나물로도 매끼 거르지 않고 먹는데 밭에서 나는 제철 반찬으로는 이만한 게 없다. 생채나 무나물 모두 별다른 양념이 없이 간단하게 만들면서도 생채는 산뜻한 맛을, 무나물은 감칠맛을 느낄 수 있다.

찬바람이 불어 따끈하고 얼큰한 국물이 그리워진다면 경상도식 소고기무국 한 그릇을 먹으면 온 몸이 확 풀어진다.

경상도식 소고기무국은 무를 삐져 넣는다고 하는데 나박썰기가 아닌 무를 손에 잡고 얇게 저며 넣으며 콩나물과 고춧가루를 넣고 끓이는데 예전 울산 출장길에 먹었던 맛을 잊을 수 없다.

갈치조림과 라면

남대문 시장의 갈치조림 골목에서 갈치조림을 맛본 사람이라면 양은냄비 바닥을 달그락거리며 긁어 얼큰하면서 달착지근한 국물을 떠서 밥을 비벼먹던 즐거움을 잊지 못할 것이다. 그래서 갈치조림은 양은냄비를 써야 더 맛있다고 이구동성이다.

갈치는 잔가시가 많아 먹기에 불편하기도 하지만 맛이 좋아 많은 사람들의 사랑을 받는 국민생선이었는데 지금은 가까이 하기엔 너무도 귀한 생선이 되었다.

라면이 몸에 해로우니 마니 말도 많지만 국민 1인당 세계 최고의 소비국이며 청소년들이 즐기고 재벌회장들의 해외출장길에도 꼭 챙겨야하는 필수품이다.

용기면이 대중화되었지만 뭐니 뭐니 해도 봉지라면을 찌그러진 양은냄비에 끓여야 제 맛이라고들 하는데 라면도 양은냄비도 멀리하라는 눈총을 주지만 실생활에선 뗄래야 뗄 수 없이 깊숙이 자리 잡고 사랑을 독차지하고 있다.

세상엔 음과 양, 선과 악이 공존하듯 모든 일에는 좋고 나쁨이 있을 텐데 양은냄비나 라면을 꼭 배척해야 할 만큼 나쁜 것들로만 만들어져 있을까?

은행나무가 멸종위기종이라니

어느 고장이나 수많은 전설이나 구전되는 많은 이야기가 있는데 단풍이 들기 시작하는 가을이면 우리고장에도 은행나무와 관련된 대표적인 설화가 생각난다.

단군의 세 아들이 쌓았다는 삼랑성(三郞城)에 둘러싸여있는 전등사는 고구려 소수림왕 시대에 아도화상이 창건한 우리나라에서 제일 오래된 사찰이다. 전등사에는 600여년 된 은행나무 두 그루가 있는데 해마다 꽃은 피지만 지금은 열매가 열리지 않는다.

조선의 숭유억불정책으로 사찰에 지나친 세금을 물리며 전등사의 은행나무에도 열 가마 정도 열리는데 은행 스무 가마를 바치도록 강제하니 해마다 부족분을 채우느라 노심초사 하느라 지쳐 은행이 아예 열리지 않도록 스님들이 불공을 드려 그때부터 은행이 열리지 않는다고 한다.

 강화의 서북쪽 볼음도엔 천연기념물 제 304호로 지정된 은행나무가 있는데 800여 년 전 큰 홍수에 황해도 연백군에서 은행나무가 떠내려가는 것을 주민들이 건져내어 심었다고 하며 암나무도 연백군의 기념물로 지정되었다고 한다.

 듣는 사람 모두 의아해하겠지만 우리 주변에서 흔하게 접하는 은행나무가 세계자연보전연맹에서 멸종위기 종으로 정하였다고 한다. 모든 식물은 종자를 퍼트리기 위해 스스로가 씨앗이 멀리 가도록 씨앗주머니를 터트리던지 새들이 열매를 먹고 멀리 가서 배설하여 퍼트리던지 씨앗이 동물의 몸에 붙어 멀리 퍼지는데 은행나무 열매는 사람이 심기 전에는 번식에 한계가 있기 때문이라고 한다.

 공룡시대부터 지금까지 멸종되지 않아 살아있는 화석이라 불리는 은행나무는 중국의 저장성 일부에 약간의 자생종이 있을 뿐이라는데 가을을 수놓는 노란 단풍의 정취는 사람의 마음을 흩날리는 낙엽보다 더 흔들리게 한다.

3부

꽃을 좋아하는 사람은

호박죽 가늠해보기

가을이 깊어지며 일교차가 심하고 코로나가 수그러드는 듯 하더니 독감환자들이 늘어나기 시작한다고 한다.

계절병인 감기나 독감은 마스크 해제를 틈타 기승을 부릴 태세인데 가급적 마스크 쓰기를 습관화 해야겠다.

기독교에서는 각 종교단체마다 가을이 깊어지며 추수감사제를 준비하는데 우리 성당은 11월 6일 예정으로 농산물 현물이나 기부금을 모아 형편이 어려운 이웃을 찾아 따뜻한 정성을 나눠드리려고 준비 중이다.

서양의 추수감사제는 우리의 상상을 뛰어넘을 만큼 성대하며 국경일이기도 하고 우리의 명절만큼 휴일도 길어 고향의 일가친척을 만나 즐거움을 나눈다.

또한 이달 말에는 서양의 대표적 축제인 핼러윈 데이가 있는데 아시다시피 호박으로 가면이나 각종 장식품을 만들고 우스꽝스러운 분장으로 축제를 즐기는데 미국에서는 핼러윈 데이에 앞서 큰 호박을 선발하는 호박 경진대회가 있다.

　제 49회인 이번 대회에서는 우리의 상상을 초월하는 무려 1,161kg짜리 호박이 출품되어 영예의 1등을 차지하였다고 하는데 수상자인 트레비스 진저가 출품한 호박에 찹쌀가루와 콩 등을 넣고 호박죽을 끓인다면 몇 인분이 나올까?

허물어진 마당

쓸데없는 가을비가 자주 내린 탓으로 논바닥이 질어 벼를 베지 못하는 농가가 많은데 벼는 곰삭아가고 있으니 농민들의 애간장은 타들어간다.

농촌출신이 아니라면 재래식 농사의 과정을 얘기해봐야 이해를 못하겠지만 이맘때쯤이면 마당에 노적가리가 몇 개씩 쌓여가는 시기인데 콤바인으로 수확하여 양곡창고로 보내지는 지금은 마당이 필요치 않다.

집안의 경조사가 생기면 마당에 멍석을 깔고 차일을 쳤으며 타작을 위해 꼭 필요한 공간이었는데 지금은 잔디를 깔거나 화단으로 사용하고 있는 형편이다.

농촌에는 간혹 마당이 넓은 고택이 남아있지만 마당이

필요 없어진 농촌의 현실에 농가주택들은 거의 현대식으로 재건축하여 마당이 있는 집을 구경하기 힘들다

  아버지의 헛기침이 들리던 마당은 늘 햇빛이 가득하고 산기슭의 바람도 다녀가고 이웃의 발자국이 남았었고 아이들의 뜀박질과 웃음이 하늘까지 닿았었는데, 소리 없는 시대의 변천은 대가족제도의 해체를 시작으로 농촌가정 살림의 근원지인 마당도 허물어트리고 말았다.

신선을 만날 수 있는 가까운 거리에

　우리 집 뒤 마니산에는 신선이 살고 있다는 전설이 전해지고 있는데 나는 언제든 신선을 만날 수 있는 가까운 거리에 살고 있으니 항상 몸가짐을 바르게 하고 정신을 바짝 차리고 있어야겠다.

　고조선 건국의 터인 마니산에 전해오는 전설엔 "신선놀음에 도끼자루 썩는 줄 모른다"는 얘기가 있는데 중국의 전설이라고도 하지만 마니산 전설이라고 생각한다.

　옛날옛날 옛적에 나무꾼이 마니산에 나무하러 가던 중 산에서 바둑 두는 노인을 만나 곁에서 술 한 잔 얻어먹어가며 구경하다 해가 뉘엿뉘엿하자 산에서 내려와 동네에 들어서니 300여 년 전에 가족들이 다 죽고 그 후손들이 살고 있다는 전설이 전해오고 있다.

어제 오후에는 싫다는 아내를 억지로 앞세워 집 뒤의 마니산 중턱을 다녀왔는데 수많은 등산객들의 힘찬 기운과 누릇누릇 단풍이 들기 시작하는 마니산 정기를 가슴가득 받아왔다.

산기슭에서는 그늘이어서인지 열매가 덜 익은 산딸나무를 봤는데 장마철 녹색의 푸른 잎에 새하얗고 간결한 꽃이 필 때보다는 낯설었지만 신선들이 바둑을 두며 마셨다는 술이 산딸나무 열매 담금주가 아니었을까?

생강농사 쓴맛을 봤다

우리나라의 IMF와 세계 금융위기, 코로나라는 큰 사회적 파장을 겪을 때마다 도시생활에 지친 사람들이 귀농으로 삶의 터전을 옮겨보는데 지자체마다 그들에게 인센티브를 주며 정착에 도움을 주고 있다.

또한 중장년층의 귀촌도 농촌인구 유입에 큰 보탬이 되는데 우리 강화는 귀농이나 귀촌하는 사람들에게 면장이 직접 찾아가 정착하는데 어려움이 있으면 해결해주고 농사를 짓고 싶은 사람에게는 농지 임대를 주선해주며 작목 선정과 농사일 등 전반적인 멘토를 해준다.

2014년 말경 아내의 신병치료차 귀촌하여 간병이나 하려 하였으나 텃밭농사를 시작으로 작은 농지를 마련하여 소규모 농사를 시작했다. 처음 농사를 시작하는 사람들의 의욕은 무모하여 무엇이든 할 수 있겠다는 오만에 빠져 수십 가지 작물을 심게 되는데 나 또한 백화점식으로 오만가지를 다 심어봤다

경험들이 없어 제대로 될 리가 없이 거의 실패를 맛보지만 나도 그 중에 생강을 50여 포기를 심어 단 한포기가 살아남았는데 그것도 줄기만 살았을 뿐 밑이 들지 않아 맛도 못보고 생강농사를 포기했다.

김장을 시작하려면 아직 멀었는데 벌써 시장에 생강이 무더기로 보이기 시작한다. 값도 생각했던 것보다 만만치 않게 비싸 kg당 만원이라고 한다.

김장에 꼭 필요한 생강은 호불호가 극명하게 갈린다. 특히 어린이들이 생강 때문에 김치까지 멀리하게 된다고 한다. 하지만 생강은 환절기 감기예방에 좋고 식품에 살균효과와 각종 통증감소에 탁월하다고 하며 몸을 따듯하게 해주는 웰빙 식자재다.

우리가 네게 부끄럽구나

내가…

우리가…

우리 부부는 50여 년을 살아오면서 서로가 빈틈없이 알뜰살뜰 매사에 알차고 단단하게 살아오고 있다고 자부하였는데 이런 실수를 하다니.

한밤중 문득 깨었는데 무언가 가물가물 떠오르는데 며느리 생일이 오늘인가 어제인가? 잠든 아내를 흔들어 깨워 "여보 민준에미 생일이 언제야?" 물었다. "아휴~ 이걸 어떡해, 어저께네." 아내의 낙담하는 대답에 잠이 달아나고 말았다

12년 전 우리식구가 될 때의 예쁜 모습을 지금까지도 간직하고 있는, 개구쟁이 손자를 잘 키우느라 고생하는 큰

며느리의 생일을 잊다니. 정말 며느리에게 미안함보다 벌써 가족들의 생일조차 잊는 노인이 되어가는 우리 부부가 더 애잔하다.

애써 변명을 하자면 가족에 대한 관심이 부족한 게 아니라 나이 탓이라고 해야겠지만 그것은 나 자신이 용납할 수 없는 핑계다.

민준에미야, 우리가 네게 부끄럽구나, 우리가 너를 진심으로 사랑하는 거 알지?

올망졸망한 국화들이

농촌인구보다 도시인들이 많은 탓인지 사람들은 가을의 정취를 황금들판에서 맛보려하지 않는 듯하다. 가을이면 시골 보단 단풍을 찾는 행락객의 수가 단연 앞서고 있다.

하지만 코로나가 완전 종식이라 하기엔 아직 잠재적 환자도 많고 독감과 함께 재확산이 염려되기에 국립공원을 중심으로 주차장 제한과 입장객을 예년의 절반 정도로 제한하는 선제적 조치를 한다고 한다.

어제는 동네에 첫서리가 내렸고 가을은 한없이 깊어지는데 아직 우아하게 피어있는 국화는 눈에 띄지 않지만 들고 나는 사람이 없는 빈집 귀퉁이에는 제멋대로 자란 옹망졸망한 국화들이 하염없이 사람들의 손길을 기다리고 있다.

 가을은 언제나 황홀할 것 같지만 쓸쓸함으로 막을 내리고 아쉬움으로 문을 닫는다. 내 마음을 가을볕에 내놓기도 전에.

강화군 아버지 요리교실

스스럼없는 사람들끼리 어떤 음식이 맛있냐고 물었을 때 십중팔구는 뭐든지 다 잘 먹는다는 대답을 듣게 되는데 뭐든 다 잘 먹는다는 말이 실은 묻는 사람에게도 음식에도 별 관심이 없다는 듣기 섭섭한 말이라고 한다.

우리의 밥상이 오늘날처럼 균형 있는 차림이 되기까지는 농경시대가 시작되고도 수천 년이 걸렸을 텐데 더불어 기호식품들도 다양하게 발달되었고 사람들의 입맛은 찬란한 문화를 꽃피우는 계기가 되었을 것이다.

초고령사회에 진입하면서 노후대책으로 건강과 노후자금의 필요성을 얘기하지만 남자들도 밥을 아내에게 받아만 먹던 시대에서 당장 삼시세끼를 해결할 능력을 갖추는 일 또한 매우 중요해졌다.

때맞춰 농업기술센타에서 아버지 요리교실을 개설하여 수업을 받는데 중 장년들의 적극적인 참여와 열의는 예상을 뛰어넘는 성황중이다.

어제는 소고기 샐러드와 된장찌개, 계란찜을 배웠는데 계란찜에 대한 관심들이 의외로 대단했다.

아내도 뚝배기에 달덩이를 올려놓은 듯 봉긋하게 부풀어 오르는 계란찜을 해내지 못하여 나 또한 계란찜에 두 눈을 부릅뜨며 배웠으니 아내에게 실력을 보여줘야겠다.

블랙푸드는 슈퍼푸드다

아직은 된서리가 내리지 않아 고춧잎도 생기를 잃지 않았지만 화단의 꽃들도 잡초들도 싱싱한 기운을 잃어버리고 추수가 끝난 논밭들은 허전해지기 시작한다.

하지만 채마밭의 김장거리는 단풍잎을 닮았는지 무서리가 내리고 나니 한층 윤기가 밭을 가득 채워나간다.

또한 서리태도 콩꼬투리 배가 불러지기 시작하였으니 된서리가 내리고 나면 거둬들일 생각에 콩밭을 다시 쳐다보게 되는데 아마 여남은 되는 거둘 수 있을 것이다.

어제 저녁엔 청국장을 끓였는데 예전처럼 냄새가 나지 않고 점점 건강식을 찾게 되는 나이가 되다보니 자주 먹게 된다. 병자호란 때 청나라 군사들이 군량으로 먹어서 청국장일 것이라고도 하지만 이제는 우리의 고유음식이 되었으니 굳이 따져볼 일도 아니다.

검은콩, 검은깨, 블랙베리, 아사이베리 등 블랙푸드가 슈퍼푸드라는 열풍이 불다가 이제는 잠잠해진 듯하지만 과학적으로 입증된 사실인데 내가 수확하는 검은색 식품은 가지와 서리태 뿐이다.

농부의 일상이 늘 그 일이 그 일이다보니 마치 부처님 손바닥에서 맴돌던 손오공과 같은 처지다. 손오공은 72가지의 술법(術法)을 가지고도 부처님 손바닥을 못 벗어났다지만 게으른 농부라도 숨은 재주 한 가지는 있을 테니 일상을 벗어나려는 노력을 멈추지는 않겠다.

강화유수 서유구와 필부

　조선시대에는 옛 도읍지나 군사적 요충지에 한양을 방위할 목적으로 개성과 강화, 광주와 수원에 유수부를 설치하고 광주의 남한산성과 강화를 왕실의 보장처로 삼겠다는 전략으로 숙종은 강화의 해안선을 따라 5진 7보 9포대 53돈대를 설치하였다.

　우리고장 강화의 역사를 뒤적이다보니 『임원경제지』를 지은 서유구가 1827년 3월 1일에서 1830년 7월 2일까지 강화부의 유수로 재직하였다는 기록이 있어 반가웠다.

　서유구와 정약용은 동시대를 살면서 과거시험도 같이 보았다는 기록이 있다. 서로 소식을 주고받는 사이였는지는 모르겠지만 실용을 중시하는 학자로 백성들의 계

몽에 힘써온 사대부로서 정약용은 강진에서 18년 귀양
살이를 하였으며 서유구는 삼촌 서형수가 유배형을 받자
사직을 하고 고향인 파주 장단으로 낙향하여 18년 동안
사대부의 손발이 부르트도록 고생고생하며 농사를 지었
다.

 딱한 아들의 모습을 보던 늙은 모친은 "일은 안하면서
비단옷을 입고 호의호식하는 자들은 천하를 훔치는 도둑
들이다"고 하였다.

 서유구는 또한 양반들이 사사건건 고담준론이나 지껄
이며 가솔들이 굶더라도 사서삼경이나 읽는 행태를 부
끄럽게 여겼다. 그는 실사구시의 자세로 할아버지에서
아버지로 이어지던 가학(家學)인 농학을 이어받아 직접
농사나 고기잡이를 해보면서, 『임원경제16지(林園經濟
十六志)』를 엮었다. 이 책은 농사짓는 방법에서 백성들
의 의식주 부문, 천체관측에서 심리분석, 의학에서 풍수
지리까지 총망라 되어 있어 조선의 브리태니커사전이라
고 할 수 있다.

 사대부 서유구는 강화유수로 재직할 때에는 무엇을 보

고 무엇을 생각하였으며 무엇을 남겼는지 궁금하지만 필부인 나의 배움이 부족하여 발자취와 문헌을 찾는데 한계가 있다.

굴러온 돌이 박힌 돌을

 가을이 깊어가며 김장철이 다가올수록 강화 특산물로 이목을 끄는 농산물 순무가 잘 자라고 있다.

 배추꼬리 맛이라거나 겨자 맛이 난다고 싫어하는 사람도 있지만 순무는 봄에는 새싹을 먹고 여름에는 잎을 먹고 가을에는 줄기와 뿌리를 먹을 만큼 강화사람들의 사랑을 받는 채소다.

 간질환에 좋고 항암작용이 뛰어나다는 소문으로 몇 년 전에는 서울의 큰 병원 정문 앞에서도 많이 팔렸다는데 잠잠해진 것을 보면 효험이 별로였던가?

 순무는 딱딱하고 수분이 적어 김치를 하려면 강화사람들의 비법이 있어야만 되는데 김치를 버무려서 생수를 넣지 않으면 김치가 익지 않는다.

　오늘날의 강화 순무가 유명해진 것은 병인양요와 신미
양요를 겪으며 해양방위의 중요성을 느낀 고종이 영국의
도움을 받아 1893년 조선 최초의 해군사관학교인 통제영
학당을 강화 갑곶진에 세우면서부터이다. 그때 교관으로
온 영국군 일행이 순무씨앗을 가져와 삼국시대부터 가꾸
던 재래종과 교잡종이 되어 농업기술센타에서는 종자복
원에 힘쓰고 있는데 그 옛날 재래종의 맛을 못 봤으니 그
맛을 비교할 수는 없다.

　순무는 된서리가 내리도록 자라는데 일찍 심으면 무가
갈라지니 늦게 심어야 된다는 말에 늦게 심었더니 신통
치가 않아 걱정이다.

삼시세끼가 보약

고릴라 등 영장류들이 나름대로 약초를 찾아 자가치료를 한다는 것이 밝혀졌다고 한다. 집단으로 먼 곳까지 찾아가 특정 약초를 먹는 행동을 관찰해 그 약초를 분석해 보니 구충제 역할을 하는 성분임을 과학자들이 밝혔다고 한다.

사냥을 다니던 때 꿩을 잡았는데 한쪽 다리에 송진이 불룩하게 발라져 있는 것이었다. 자세히 보니 다른 포수의 총에 맞았었는지 부러진 다리에 송진이 감겨진 모습을 보고 놀랐다.

손도 없는 꿩이 누구의 도움도 없이 스스로 송진으로 깁스를 하였을 터이다. 그리고 개도 탈이 나면 스스로 금식을 하여 병을 고친다고 한다.

이렇게 동물들도 자가치료 능력이 있는데 사람들은 병원 치료를 마음대로 받으면서 뭐가 부족하다고 보약까지 먹는지 의문이 든다.

얼마 되지 않는 일이지만 가을일을 하느라 피곤하다고 하였더니 지인이 보약을 먹어야 한다고 하는데 그 보약값으로 진수성찬을 차려먹는 게 낫겠다.

어르신들은 항상 밥이 보약이라고 삼시세끼가 보약보다 낫다고 하신다.

고인돌과 지석묘

지난여름 김해시에서 세계 최대의 고인돌을 발굴, 정비하는 과정에 원형을 훼손시키는 일이 발생하여 고인돌에 대한 세간의 관심을 일깨웠다.

세계 곳곳에는 돌과 관련된 유적들이 많은데 마추픽추나 피라미드, 스톤헨지나 광개토대왕비, 고인돌 등 거대한 석물들이 우리의 상상력을 자극하는데 세계 여러 나라에 있는 고인돌 6만여 기 중 우리나라에 4만여 기가 있다고 한다. 특히 고창과 화순에 많이 있으며 우리 강화에는 160여 기가 있는데 우리나라를 대표하는 고인돌은 세계문화유산으로 등재된 사적 137호 강화 부근리 지석묘로 덮개돌이 53톤에 이르는 웅장한 위용은 가히 압도적이다.

고인돌은 권력자들이나 그 가족들의 무덤으로 추측하지만 간혹 발굴되는 부장품은 특별한 것은 없어 의문이 들기도 한다.

고인돌과 지석묘, 다른 듯 하지만 같은데 부근리 지석묘는 받침돌이 커서 지석묘라 하는 것이 아닐까?

그 옛날 수십 톤에 이르는 돌을 깨트려 모양을 만들고 옮기기 위해 수천여 명을 동원하였을 텐데 곳곳에 그 채석장의 흔적이 지금도 남아있다.

숨이 찰 정도의 빠른 걸음으로

병원출입이 많은 사람들에게 우스개로 걸어 다니는 종합병원이라고 하는데 듣는 입장으로는 정말 듣기 싫을 것이다.

아내는 8년 전 큰 수술 후 6개 과에 정기적인 진료를 받느라 병원출입이 잦은데 진료실 문을 들어서면 늘 '낙상 조심하세요' 소리를 듣는다.

혈소판 문제로 출혈이 거의 없다는 내시경도 2박 3일 입원을 해야 하고 백내장 수술도 심하다는데 수술을 최대한 늦추자고 미루고 있으며 골밀도가 낮아 비타민D를 먹어야 하는데 소화문제로 먹지 못하고 약물주사를 맞고 있는데 나이가 들어가며 골밀도가 나아질 리가 만무하다.

선생님 말씀은 뼈에 좋다는 칼슘은 평균적인 국민들의 식생활로 충분한 정도가 되었고 비타민D는 적극적인 운동을 하고, 운동이나 야외활동량이 적은 사람들은 약물로 보충하라 하지만 소화가 안 되어 어려움을 호소하는 사람이 많다.

예전부터 어른들은 낙상하여 고관절이 부러지면 십중팔구는 일 년 안에 돌아가신다는 말이 있는데 누워서 뒤척이지도 못하며 일주일이 지나면 근육 손실이 엄청나 사망할 위험이 크다고 증명되었다.

하지만 의술이 발달하여 고관절이 부러진 고령자들도 수술로 접합하여 장기간 누워있는 경우는 드물지만 평상시에 운동을 게을리 하지 말아야 한다. 나이 들어서는 과격한 운동보다는 숨이 찰 정도의 빠른 걸음과 학창시절 배웠던 국민체조로 꾸준한 운동을 하여 유연성을 기르는게 뼈 건강과 낙상예방에 좋다고 한다.

사자발 약쑥

곰은 잡식성이라 쑥이나 마늘을 먹을 수 있지만 호랑이
는 육식성이라 쑥이나 마늘은커녕 신령스러운 약이라는
산삼도 싫어할 텐데 처음부터 승부가 결정된 시험을 왜
거치게 하였을까?

우연의 일치일까 단군의 이야기가 전해지는 마니산 주
변 마을을 중심으로 강화 사자발 약쑥이 많이 자라고 있
으며 재배농장도 많다.

조선 초기에 엮어진 동국여지승람에도 강화의 특산물
은 사자족애(獅子足艾)인데 쑥잎의 생김이 사자의 발처
럼 생겼고 약효가 뛰어나다는 기록되어 내려온다.

또한 7년 묵은 병이 3년 묵은 약쑥으로 고친다는 속담

도 있고 동의보감에도 여러 가지 부인병에 쑥탕만한 게 없다고 하여 언젠가 사자발 쑥을 한 아름 그늘에 말려놨지만 끓여먹을 일이 없어 버렸던 기억이 있다.

어젯밤 우연히 인터넷에서 강화약쑥 제품에 대한 설명을 봤는데 산림조합에서 관리하는 것을 알게 되어 더욱 신뢰감을 갖게 되었다.

강화에는 약쑥을 이용한 다양한 체험시설도 많고 약쑥환이나 엑기스, 쑥차, 뜸쑥 등 다양한 제품도 많다.

시월상달이다

음력 시월 초닷새인데 시월은 환웅께서 하늘을 열어 고 조선을 개국하고 단군에게 세상을 다스리게 한 역사 깊 은 달이어서 시월상달이라고 하여 집안마다 고을마다 행 사가 많은 풍성한 달이다.

수확한 햇곡식으로 시루떡을 만들어 한 해 동안 음덕을 베풀어주신 하늘에 감사드리고 집안의 안녕을 보살펴준 성주신, 조상신, 삼신, 측간신 등에게 떡을 떼어놓고 터 줏가리도 새 짚으로 단장을 하던 옛 농촌의 풍습이 떠오 른다.

시월에는 안택고사를 시작으로 마을마다 동제가 있으 며 문중마다 시제를 올리고 향교에서는 기로연으로 마을 어르신들을 위한 효 잔치를 열어 전통문화의 계승과 충

효사상 함양을 위해 힘쓰고 있다.

충과 효, 우리는 늘 충과 효라 말하는데 내가 있어야 나라를 생각할 수 있고 나라가 있어야 나를 보전할 수 있다는 막상막하의 의견이 대립하지만 노자도 공자도 효가 우선이라 가르치셨다.

시제를 지내는 산소를 쫓아다니며 떡을 얻어먹던 추억이 새로운데 이제는 떡을 얻으려는 아이들을 볼 수도 없으며 아무리 재정적 뒷받침이 걱정 없는 가문이라도 후손이 없으니 시제(時祭)라는 단어도 우리 세대가 써보는 마지막 단어가 아닐까?

먹을 게 너무 풍족하여 밥상을 멀리하게 되는 시월상달이어도 김이 무럭무럭 나는 무시루떡 시루를 엎어놓으면 마음이 먼저 으쓱해지던 동심으로 빠지고 싶다.

식사 많이 하세요

도토리가 풍년이면 들판의 벼농사는 흉년이라고 한다. 도토리 풍년이 들어 집집마다 녹말가루를 많이 했다고 하는데 벼농사도 걱정할 정도의 흉작은 아니지만, 모내기를 시작하면서부터 쌀값에 대한 여론이 들끓었는데 아무런 대책도 해결책도 없어 힘없는 농민들 애간장만 태우고 벼 수확이 끝났지만 논쟁은 끊임없다.

농민들은 쌀 시장격리를 통해서라도 쌀값 안정화를 유지시켜달라고 하지만 정부에서는 시장에 맡겨야 한다는 미온적 태도에 농민들이 상경투쟁까지 하는 실정이다.

사람들이 하루 몇 잔씩 마신다는 커피 한잔에 평균 4~5천원이고 14만원짜리 햄버거도 줄서서 먹는다던데 밥 한 공기 분량의 쌀100g 값 300원을 보장해달라는 농민의 요구가 지나친 것일까?

논은 쌀을 생산하는 단순한 가치를 떠나 장마철 홍수조절 역할도 하며 어느 때보다도 식량안보의 중요성이 시급한데 농민들이 영농의식에 위기감을 느껴 농사를 포기하게 한다면 식량주권을 빼앗기고 국가안보마저 위험할 것이다. 최저임금으로 근로자를 보호해주듯 농민들이 농사에 의욕을 잃지 않게 기본적인 쌀값대책을 세워주기 바란다.

진료는 의사에게, 약은 약사에게, 쌀은 저에게 주문을….

인간은 사회적 동물이다

우리는 사회생활을 하면서 '권리'란 말을 입에 달다시피 하는 사람들을 보게 된다. 권리는 '특정의 생활 이익을 누리기 위해서 법에 의하여 부여된 힘'이라고 사전에 있다.

알 권리, 볼 권리, 놀 권리, 카더라 하는 헛된 말, 표현의 자유 등을 빙자한 가짜뉴스 등등 무책임하고 무이성적인 행동을 서슴치 않으며 교만하고 방자한 행동으로 주변에 불쾌감을 주면서도 그 같은 행태를 자유라고 내뱉는데 자신의 권리를 누린다고 타인이 혐오감을 느낄 정도의 무책임한 행동을 하는 것은 지나치게 방종한 행위다.

인간으로서 마땅히 지켜야할 사회적 규범을 지키지 않으면서 자신의 권리만 누리려 한다면 규탄을 받아야 마땅하다.

이태원의 참사를 전 국민이 애도하는데 당시 현장에 있던 어떤 무리들은 심폐 소생술을 시행하는 환자 옆에서 떼창을 부르고 춤을 추었다고 하며 일부상가들도 인파가 상점으로 피신할까봐 문을 폐쇄하였다니 인간의 탈을 쓴 악마나 다름없다.

인간은 사회적 동물이라 자신의 능력만을 믿고 혼자서도 잘 살아갈 것 같지만 끊임없이 서로 교류하며 관계를 유지해야 상호작용에 의해 발전하며 서로가 협동하고 돕지 않는다면 죽은 사회가 되고 만다.

사회 구성원으로의 책임과 의무를 다했을 때라야 진정한 자유를 누릴 수 있는 권리가 있다. 이제부터라도 극단적인 이기주의적 사고방식을 버리고 이성을 갖춘 사회적 동물이 되자.

오늘은 나에게, 내일은 너에게

오늘 11월 2일은 가톨릭교회에서 위령의 날로 정하여 세상을 떠난 조상님들과 연옥영혼들을 위해 기도하는 날이다.

오늘은 특별히 사제가 세 번의 미사를 봉헌하는데 첫 미사 강론의 주제는 하느님을 향한 희망의 끈을 놓지 말자는 것이고, 두 번째 미사는 고통 앞에 겸손한 마음을, 세 번째 미사는 그리스도의 부활을 통한 우리의 구원을 기다리는 믿음을 강론하신다.

대개의 가톨릭 묘지에는 "오늘은 나, 내일은 너"라는 글귀가 있다. "오늘은 내가 죽어 묘지에 들어왔지만 내일은 네가 들어올 것이다"라는, 죽음에는 예외가 없으니 닥쳤을 때 후회하거나 뉘우치지 말고 항상 겸손한 자세로 죽음을 의식하라는 교훈이다.

삶과 죽음 모든 것을 주관하시는 하느님께서는 왜 인간들의 고통을 외면하시는가 하겠지만 성경에는 "무거운 짐을 진 너희는 모두 나에게 오라, 너희에게 안식을 주겠다."고 하셨다.

필요불가결한 일이 아니었기에

100세 시대를 살아가면서 시니어들은 자신의 의지와는 상관없이 언제 어디를 가거나 자서전과 버킷리스트를 쓰라는 말을 많이 듣게 된다.

흔히들 내 인생을 책으로 엮는다면 소설 10권이라도 모자란다고 하는 사람이 많은데 누구의 삶이든 써놓고 싶은 우여곡절과 파란만장이 왜 없었겠는가.

하지만 대다수 노년층들은 70이 넘어서도 건강 걱정보다 생활비 걱정이 시급한 빈곤층이 많다는데 하고 싶은 말 남기고 싶은 얘기가 많기도 하겠지만 자서전에 관심이 있는 사람들이 얼마나 될까?

살아오면서 몇몇 사람들의 자서전을 봤지만 모두 대필

이었고 자서전을 낼 정도의 지긋한 나이임에도 자기성찰 없이 자화자찬과 자기 홍보에 지나지 않아 실망했다.

　버킷리스트를 말하기 전, 자신의 일상에 충실했는가를 묻고 싶다. 자신의 일상을 충실하게 살았다면 하고 싶은 일들을 다 하면서 살아왔을 테고 남은 생도 그렇듯 살아간다면 굳이 버킷리스트가 필요할까 하는 의구심이 든다.

　살아오면서 해보지 못한 일들을 마지막으로라도 해보고 싶다는 욕구를 충족시켜보겠다고 하는데 그것들은 살아오면서 필요불가결한 일이 아니었기에 안하고 살아왔으니 앞으로도 해볼 필요가 없다고 생각한다.

　지금 이 순간에 충실하고 이 순간에 감사한다면 자서전이나 버킷리스트를 생각할 겨를이 없을 것이다.

제발 좀 멈춥시다

 오래 전 컴맹인 내 귀에 '지니'라는 단어가 들어왔을 때, 새로운 전자제품이 나왔나 했었다. 메모리 반도체의 용량은 1년에 2~3배씩 증가한다는 삼성전자 사장의 예언대로 메모리 반도체와 파운드리의 발전은 인공지능을 탑재한 알파고로 인간에게 도전장을 내밀었다.

 2016년 새봄을 떠들썩하게 이세돌 9단과 알파고의 바둑대결이 벌어졌는데 대국에 임하는 이세돌 9단은 기계보다는 자신이, 인간이 승리할 것이라고 자신했는데 참패당하고 말았다.

 그것은 단순한 기계가 아니라 생각하고, 궁리하고, 학습하고, 판단하는 지능을 가진 AI인데 그림이면 그림, 음악이면 음악, 소설이면 소설, 요리면 요리, 판사의 판결

영역도 의사의 진료영역도 두루 섭렵하고 다닌다.

　인간들은 생명복제로도 모자라 신의 영역인 배아(胚芽)까지도 인공으로 만들어내고 있다.

　머지않아 인공지능이 공상과학영화의 내용처럼 인간을 지배하고 인간을 붕어빵 찍어내듯 할 것이며 로봇의 노예가 될 것이다.

　급속도로 발전하는 과학의 끝이 있으려나 모르겠지만 인간의 설 자리를 빼앗고 특히 나와 같은 과학의 혜택을 못 받는 서민들의 고통과 피해는 불 보듯 뻔하다.

　인간 스스로를 노예로 만드는 과학의 발전, 이제는 제발 좀 멈춰야 한다.

지는 것을 가르쳐야

'금쪽같은 내 새끼'라는 프로가 자녀를 둔 부모들의 관심을 끌고 있다. 몇몇 아이들의 사례를 보니 욕심이 많거나 인내력이 부족하거나 집착하는 아이들로 인하여 가족들이 겪는 좌절감과 고통은 표현하기 어려울 정도로 크다.

거의가 황태자로, 공주로 키우며 무조건 끼고돌아 아이들을 독불장군으로 안하무인으로 키우다보니 예절과 양보를 모르며 부모와의 놀이에서도 무조건 저만 이겨야 직성이 풀리는 아이들이 있다.

아이들이 당장은 떼를 써서 원하는 것을 다할 수는 있어도 커서는 상호관계가 없이는 자기 뜻대로 할 수 없음을 아이들이 느끼도록 가르쳐야 한다.

간혹 지인들과 얘기를 하다보면 손주들과 하는 놀이나 게임에는 무조건 져준다는 사람도 있다. 나는 손자를 만나면 보드게임이나 카드놀이, 윷놀이를 주로 하는데 일방적으로 져주지는 않으며 팽팽한 승패를 주고받는다.

　'세 살 버릇 여든까지 간다'거나 '어린아이는 기를 탓이다'라는 속담이 있는데 무조건 오냐오냐하지 말고 올바른 인성을 갖추도록 훈육해야 하며 웃음과 모험심과 용기를 잃지 않도록 이끌어야 한다.

이 가을에 개똥철학

인생여백구과극(人生餘白駒過隙)이라더니 봄, 여름, 가을을 물들이던 푸르름이 하룻밤 사이 입동을 기다렸던 된서리에 짓이겨져 화사하던 꽃들도 초토화되고 반짝이던 단풍도 낙엽이 되어 길거리에 나뒹굴고 있다.

2,500여 년 전 장자는 인생은 백마가 달려가는 것을 문틈으로 얼핏 보는 것과 같이 빠르게 지나간다고 하였는데 그래도 우리 인간들은 그 찰나를 놓치지 않고 백년대계를 이루어내고야 마는 사람들도 많다.

세상은 수없이 변했고 또 계속 변화하고 있다지만 송나라 때의 장자가 느끼던 마음이나 21세기의 농부가 겪어내는 삶이 똑같이 촌각에 지나지 않는다.

우리는 주변에서는 역경을 이겨낸 입지전적인 사람들의 숨은 이야기를 알게 되고 나는 왜 그 사람처럼 생각하고 행동하지 못했을까 자책할 때가 있다.

　그럴 때마다 나는 배움이 얕고 견문도 좁아 변변치 못해 큰 인물이 되기 어려운 인생이니 이 정도에 만족하며 살자 하다가도 왜 고학(苦學)의 길을 찾으려 하지 않았나 하며 자신을 나무라기도 한다.

　가을의 화두는 단연 '도대체 인생이란 무엇일까'일 텐데 나만 모르는 게 아니라 온 인류의 의문 속에 공자와 맹자와 추사는 삼락(三樂)을 누린다고 하였으니 즐길 일을 찾아 내 것으로 만드는 것도 괜찮을 듯하다.

　채근담에도 "이 세상에 태어났으니 즐겁게 사는 것은 물론 허무하게 세월을 보내지 말라"고 하였다.

늙은 농부의 어깨는

만추의 정취는 농촌의 뜨락에 있는 소소한 것들에서 참
맛을 느낄 수 있다. 서리를 한 번 맞고서야 싱그러움을 더
하는 김장밭의 무를 뽑아 한입베어 물면 입안에 번지는
달달함이 세상살이가 이렇게 시원한 맛이라면 얼마나 좋
을까 하는 생각이 들게 한다.

양지쪽에 널어놓아 꾸둑꾸둑 말라가는 대추를 입에 넣
어 오래 씹으면 씹을수록 은은한 단맛이 나는 것 또한 농
부만이 맛볼 수 있는 즐거움이 아닐까?

이번 가을은 흉년은 아니지만 풍년이라 하기엔 몇몇 작
물의 작황은 예년에 못 미쳤고 벼도 이삭이 짧아 소출이
적었는데 다행히 지인들의 적극적인 도움으로 햇 농작물
의 판매를 모두 마쳤으니 얼마나 고마운 일인가?

도시인들은 굴러다니는 낙엽 한 잎에서 낭만을 들어 올리지만 들판의 푸르름을 다 빼앗긴 농부의 가슴은 낙엽처럼 메마르고 버석거려 쉬이 감성에 젖지 못한다.

　코끝을 간질이는 낙엽 타는 냄새는 무조림 만큼이나 들큰하게 느껴지고 낙엽의 연기만큼이나 가벼워진 늙은 농부의 어깨는 겨울 내내 외로울 것이다.

제갈공명의 동남풍

예나 지금이나 사람이 먹고 사는 먹거리를 마련하는 일 외에 무엇이 중요하겠는가?

이에 환웅이 신단수 아래로 내려올 때 인간사회에 천 가지, 만 가지 일이 있더라도 농사를 최우선에 두려고 풍백 (風伯), 운사(雲師), 우사(雨師)를 데려와 그들로 하여금 기후를 관장하여 기본적인 농사에 진력을 다하도록 하여 사람들이 따르도록 하였다고 한다.

기후변화, 기후위기, 탄소중립 등 기후에 지구촌의 운명이 걸렸다고 전 세계적인 인류의 관심이 집중되고 있는데 온실가스의 과대배출로 온난화가 가속되어 홍수와 가뭄과 지진 등 천재지변이 그치지 않는다.

온실가스층이 얇아도, 너무 두꺼워도 지구는 온도조절 능력을 상실한다니 인류 전체의 생존이 걸린 문제지만 솔직히 그 심각성은 아직 우리네 피부에 닿지는 않고 있다.

농사철에는 하루 몇 번씩 검색해보던 웨더뉴스도 농한기가 되니 관심에서 멀어지는데 사람의 마음이란 이렇게 무뎌져도 되는 것인가?

온실가스를 줄일 계책이 하나가 있긴 한데, 적벽대전에서 백우선으로 동남풍을 불게 하여 대승을 거둔 제갈공명에게 맡겨보면 어떨까?

꽃을 좋아하는 사람은

꽃을 좋아하는 사람은 외롭다거나 사랑이 많은 사람일 거라고 하는데 나는 두 가지 다 해당되는 사람이라고 생각된다.

왜 외롭다고 느끼게 되며 왜 사랑이 많은 사람이라고 생각하는지를 생각해봐야 하는 게 사색의 계절 늦가을을 살아가는 여정이 아닐까?

다산도 나와 같이 꽃을 좋아해 벼슬을 할 때 부임지마다 정원을 만들어 꽃을 가꾸며 글도 많이 남겼는데 그 중 국화의 특별한 점 네 가지를 이렇게 글로 남겼다고 한다.

늦게 피며 오래가고, 곱고 향기롭고 화사하지만 함초롬하다고 하였고 촛불에 국화를 비춰보며 꽃의 그림자를 감상하기도 하였다고 한다.

늦가을의 주인공은 서리를 맞고서야 고고한 기품을 드러내는 국화인데 국화와 술을 사랑한 도연명은 "동쪽 울타리 밑에 핀 국화를 꺾어들고 고개를 들어 한가로이 남산을 바라본다"고 소박하고 소소한 농촌생활을 읊조렸다.

농촌에서는 길섶이나 담 모퉁이에 저절로 자라는 작은 국화와 산국이 야생화처럼 꽃을 피워 등 굽은 노인들의 콧등을 간질이고 경운기 바퀴에 짓밟혀도 내년이면 어김없이 환한 꽃을 피워낸다.

눈이 아니라 안개야

흔히 일의 앞뒤를 가늠하기 어려울 때 오리무중(五里霧中)에 빠졌다고 한다. 안개가 오리(2km) 정도를 뒤덮어 사방이 보이지 않는다는 말인데 십리의 절반인 오리라는 거리 단위를 신세대들은 얼마나 이해할까?

11월을 지나면서 이맘때쯤이면 언제나 지독한 안개에 오리 정도가 아니라 강화 전체가 짙은 안개에 덮이는 경우가 많다.

특히 바다로 둘러싸인 강화는 일반적인 안개보다 더 짙은 해무(海霧)가 어느 때는 하루 이틀 계속되는 경우도 있어 생활에 불편을 겪을 때도 있는데 지척에 있는 영종도 인천공항도 비행기 이착륙에 어려움이 많을 것이다.

어제 새벽녘엔 아내가 눈이 온다고 하기에 무, 배추도 밭에 그대로여서 화들짝 놀라 나가보니 짙은 안개에 앞이 보이지 않는다. 들어와 "눈이 아니라 안개야."하니 아내가 cctv화면을 가리키며 저것 보라고 하는데 안개가 비 쏟아지듯 보이는 광경이 카메라에 희끄무레한 게 눈이 흩날리는 것으로 본 것이다.

　통계에 의하면 강화는 안개가 많이 발생하는 지역 상위에 들지는 못하는데 그래도 바다와 수로와 저수지가 많아 안개가 발생할 조건이 넘친다.

　사람들은 산 좋고 물 좋은 경치 좋은 곳을 선호하지만 그런 곳일수록 안개도 잦은데 안개는 특히 미세먼지가 많을 때 천식환자에게 안개는 해롭다고 한다.

그때 그 시절을

우스갯소리로 벼농사는 넥타이매고도 짓는다고 말한다. 모내기에서 수확하기까지 약 150여일 걸리지만 실제 사람이 논을 돌보는 일은 물 조절하는 외에는 모든 작업이 기계화되어 농사일 중 제일 힘이 덜 든다고 할 수 있다.

옛날엔 품앗이로 모판 만들어 모를 쪄서 지게로 날라 수십여 명이 매달려 모내기를 하고, 김매기를 세 번 하고, 수확 전 물 빼기를 위해 논을 한 바퀴 돌아가며 물고랑을 내놓고 논바닥이 마르기를 기다려 벼를 벤다.

어릴 때 기억으로 아버지가 품앗이로 이웃집에 일하러 가시면 엄마는 그 집에 가서 새참이나 점심 등 부엌일을 도와주고 아이들은 엄마 쫓아가서 온 식구가 그 집에서 끼니를 해결하던 생각이 떠오른다.

 벼를 베어 며칠 동안 마르기를 기다려 묶어서 논두렁에 세워 말리고 다 마르면 큰 길까지 날라서 달구지에 싣고 와 마당에 노적가리를 만들어 놓고 날을 잡아 마당질을 한다.

 중학교 1학년 때 4·19혁명이 일어나 전교생이 선배들과 함께 교육청에 가서 데모했던 기억이 난다. 그 해 가을 논두렁에서 볏단을 나르는데 얼핏 대여섯 발 옆의 볏단으로 무엇이 보이기에 살금살금 다가가보니 장끼의 꼬리가 아닌가. 두 손으로 꽉 붙들어 집으로 가져와 저녁에 꿩국을 끓였는데 가난한 살림에 모든 먹거리를 비롯하여 고기가 귀한 시절이라 얼마나 맛이 있었던지.

 지금도 꿩 소리만 들어도 그 때 그 맛을 못 잊어 입에 군침이 도는데 그 때 그 시절을 생각해보니 고단한 삶이었지만 그래도 그립다.

그 옛날 그 험한 산을

우리나라 제1의 생기처(生氣處)로 알려진 우리 집 뒷산 마니산의 옛 이름은 두악산이다. 보통 '악'자가 들어간 산은 산세가 험하기로 이름나 있지만 마니산은 기가 많이 생성되어 다녀오면 머리가 맑아진다고 한다.

마니산은 중간에 1004개의 계단으로 이어지기도 하며 울퉁불퉁한 바윗길이어서 472.1m의 얕은 산이라고 만만하게 보다가는 혼쭐이 난다.

단군이 마니산 참성단에서 제사를 지냈다는 기록이 있고 고려의 원종도 참성단에 올라 친히 제사를 지냈고 조선의 관료들이 왕을 대신하여 참성단에서 제사를 지냈다고 한다.

지금은 등산로, 정비로, 계단 등 편의시설이 설치되었어도 섣불리 올라가기가 힘든데 그 옛날 등산로 개설도 안 되었을 때 고위 관료들이야 가죽신을 신었겠지만 수행원들은 안전용품도 없이 짚신을 신고 바위투성이의 산을 헤치며 제수용품 등을 가지고 얼마나 힘이 들었을지 가엾게 생각된다.

조선시대의 한때는 선비들이 명산을 유람하고 유산기(遊山記)를 남기는 게 유행이었던지 퇴계도 청량산을 수차례 다녀오며 청량산에 들어가는 길을 '그림 속으로 들어가는 길'이라고 극찬했는데 청량산도 정상까지는 가파른 산이다.

선비들은 공자의 인자요산(仁者樂山)가르침을 실천하려 했던지 금강산, 백두산, 한라산, 지리산 등을 다니면서 심신수양과 호연지기를 나타내며 총 560여 편의 선비들의 유산기가 전해지고 있다는데 엄청난 기록이다.

농사일을 끝내놓고 조선의 관료와 선비의 마음으로 마니산엘 다녀와 561번째의 유산기를 보태볼까?

농촌에 사는 게 죄인가

코로나로 비대면 생활이 확산되면서 비교적 거리두기에 여유로운 농촌에서 살아보려는 사람들이 이주하며 멋진 현대식 전원주택이 많이 들어서고 있다.

하지만 정작 농촌에 뿌리박고 사는 농민들은 일 년 농사 지어봐야 장(醬)값이 모자란다 할 정도로 경제적 소득을 올리지 못하는 소농들로 오래된 농가주택에 거주하는 사람들이 대부분이다.

겨울로 들어서며 단열이 제대로 안 되는 농가주택의 시급한 문제는 등유 보일러다. 거의가 65세 이상인 초 고령자들이며 겨울철에는 소득이 전무하다시피하고 힘든 노동력을 필요로 하는 화목 보일러는 노인들이 땔 수도 없고 도시가스는 군 전체인구의 60%이상이 살고 있는 읍 주변에만 보급되는데 등유 값이 휘발유나 디젤보다 비싼 실정이다.

한 겨울을 나려면 최소한 5드럼을 써야 하는데 한 드럼의 값이 32만원으로 도시가스를 쓰는 사람들보다 훨씬 많은 부담을 갖는다.

농촌사람들이 겪는 불공정은 교통문제, 의료문제, 연료문제, 문화혜택, 곳에 따라서는 식수문제 등 삶의 질을 떨어트리는 조건이 수없이 많아 역귀촌하는 사람들도 많으며 지방소멸 위기의 심각성이 크지만 무대책이 대책인가 보다.

농촌 사람들의 정주(定住)여건을 개선하기 위해서는 우선 겨울철 연료비 불평등을 겪고 있는 농촌사람들에게 보일러의 연료비를 보조해주는 선정(善政)을 베풀어주는 것이 시급하다.

남들과 비교하지 말기

환웅이 하늘에서 내려왔다기에 전지전능한지 알았더니 이 땅에 오자마자 큰 실수를 저질렀다.

호랑이와 곰을 굴속에 들여보내며 스무하루를 견디라 했다는데 곰은 굴속에서 겨울잠을 자버릇해 견딜 수 있었지만 호랑이는 북풍한설 몰아치는 동토(凍土)를 뛰어다녀야 할 놈을 굴속에서 견디라고 했다는 것은 동물학대의 원조였다.

겨울철에 접어들면서 계절의 특성상 햇볕 받는 시간이 줄어들면서 불면증으로 고생하는 사람들이 의외로 많은데 불면증은 사소한 스트레스로 인하여 시작된다고도 한다.

스트레스란 상대방에게 나를 맞춰보려는 강박감에서 시작된다고 생각되는데 '나는 나다'라는 생각으로 나를 나답게 지켜가는 게 스트레스로부터 나를 보호하는 것이다.

인간의 생체리듬은 원시적인 유전자가 남아있어 생활이 단순했고 조명시설이 전무했던 시기에는 잠자는 시간이 길었다고 한다. 하지만 지금은 텔레비전, 컴퓨터, 휴대폰 등으로 밝은 빛의 영상이 난무하는 시대라서 잠 잘 시간이 모자라기 시작했고 남과 비교하는 습관이 복잡한 생활로 이어지며 스트레스를 받아 불면증이 시작되었다.

현대인들에겐 감기처럼 오는 불면증이라지만 감기는 일주일이면 낫는데 불면증은 한 번 시작되면 평생을 이어지기도 하여 간단하게 볼 문제가 아니다.

잠을 잘 자기 위해서는 잠자리가 너무 춥거나 더워도 안되지만 생활을 단순하게 정리해볼 필요가 있다고 생각된다.

기초대사량

'먹기 위해서 사느냐, 살기 위해서 먹느냐'라는 이치에 맞지 않는 말이 있는데 단연코 인간은 살기 위해 먹는다고 생각한다.

조선시대 아니 그 옛날 어떤 연유로든 외국 땅에 발을 디뎠던 사람들이 타국의 낯설고 거친 음식을 배탈이나 소화불량을 등 온갖 고초를 겪으면서도 먹으며 생명을 유지해서 살아서 돌아갈 수 있었다.

한 가지 우스개로 '주식 하느냐'고 물으면 '어, 난 밥이 주식이야' 했다. 어릴 때 어른을 만나면 '진지 잡수셨어요?'를 입에 달고 살았을 만큼 살아남기 위해서는 꼭 먹어야 한다는 깊은 뜻이 숨어있고 또 우리가 어린 나이에도 끼니를 걱정해야 할 만큼 얼마나 가난하게 살았는가를 회상하게 된다.

어제 수능에서 기초대사량 문제가 수험생들을 대략난
감에 빠트렸다는데 우리가 먹는 다양한 음식에서 에너지
를 얻어야 생명을 유지할 수 있으니 살기 위해서 먹는다
는 게 맞는 말이다.

사람이 하루에 필요한 열량은 나이에 따라 남자와 여자
에 따라, 체격과 하는 일에 따라 많은 차이를 보이는데 우
리의 식생활은 편식만 하지 않는다면 누구나 필요한 열
량을 얻을 수 있으며 오히려 고칼로리 음식을 걱정하고
있다.

해마다 걱정거리였던 수능한파가 없어서 다행이었는데
청운의 꿈을 위해 고생한 수험생 여러분 모두가 노력한
만큼 좋은 성과가 있기를 성원한다.

염하강과 손돌목

  염하강으로도 불리는 강화해협은 삼국시대부터 조선시대에 이르기까지 해상교통과 해양국방의 요충지로서 병인양요와 신미양요, 운요호 사건 등 수많은 외세의 침입에 숱한 상처를 입었지만 꿋꿋한 배달민족의 기백(氣魄)은 오늘날도 그치지 않고 굽이치고 있다.

  고려시대부터 조선시대 까지 개경과 한양의 보장처(保藏處)로 정하고 숙종 때에 이르러 강화 섬 전체에 본격적인 진(鎭)과 보(保), 돈대(墩臺)를 축조하였다. 그 중 염하강을 따라 월곶진, 갑곶진, 용진진, 좌강돈대, 용당돈대, 화도돈대, 오두돈대, 광성보, 손돌목돈대, 용두돈대, 덕진진, 초지진 등을 두었는데 덕진진에는 "서양 오랑캐에 침입을 죽음으로 막지 않고 화친을 주장한다면 나라를 팔아먹겠다는 것이다. 우리의 만대 자손에게도 경고 하노라."라고 쓰인 대원군의 경고비가 세워져있다.

용두돈대 앞의 여울을 손돌목이라고 하는데 썰물 때 물이 굽이치며 쏜살같이 흐르는 소리는 천둥이 치는 것과 같이 험하여 내려다보기에도 아찔한데 고려시대 왕이 쪽배를 타고 강화로 피난길에 뱃사공이 험한 뱃길로 노를 젓자 요동치는 배에서 겁에 질린 왕이 해코지를 하는 줄 알고 뱃사공을 처형했다고 하는 전설일 뿐이라 생각하기엔 황당한 얘기가 전해진다.

손돌 뱃사공이 처형당했다는 날이 음력 10월 스무날로 며칠 전이었지만 그때 억울하게 죽은 손돌의 원한이 강한 바람과 추위를 가져온다고 하여 손돌 추위라는 전설이 전해지고 있다.

금년에는 손돌 추위도, 수능한파도 없었고 어떻게든 춥고야 만다는 소설(小雪)추위도 없다니 활동하기엔 좋다만 생태계엔 병충해 만연 등 새로운 현상이 생길까봐 걱정이다.

자신에게 활력을

스스로도 충분히 아름다운 산과 들의 단풍이 지역별로 다르겠지만 금년엔 가을이 유난히 더디게 지나며 아직도 화사한 단풍이 눈을 즐겁게 해주고 있다.

그에 못지않게 도시의 빌딩과 아파트의 틈새마다 잘 정돈된 정원의 가을 나무들도 잘 다듬어졌고 크고 작게 색색별로 조화를 이뤄 볼만하다.

오래 전이지만 담양의 가을을 본 적이 있는데 우리나라 제1의 소쇄원을 비롯하여 크고 작은 정원이 여러 곳에 있으며 곳곳의 대나무밭 또한 마음까지 정돈되게 하여주는 느낌을 받았다.

화양구곡과 화천의 곡운구곡 등도 꾸며지지 않은 자연

으로 아름다운데 옛 선비들의 풍류처럼 멋스럽게 다녀봐야 하는데 왔소 갔소하며 뛰어다녀오니 겨우 이름을 기억하는 것조차 신통하게 생각하게 되는데 이제는 다시 다녀볼 수도 없는 환경이 되었다.

이제는 자신만의 만족을 위해 섬 여행을 다니는 사람, 명산을 찾아다니는 사람, 낚시를 즐기는 사람, 바이크 사랑에 빠진 사람, 스포츠에 열정적인 사람들이 많다.

이제는 아등바등하는 시대를 넘어 자신을 위한 투자를 아끼지 말고 여유롭고 넉넉한 마음으로 자신에게 활력을 선물해야 한다.

4부
여보, 아프지 말고 내 손 꼭 잡아

나이가 들어갈수록

아버지는 내가 스물이 되기도 전에 하늘나라에 가셨다. 이제 오십 몇 년이 지난 지금은 솔직히 모습도 잃어버렸다. 어머니는 새벽녘 가슴이 답답하시다고 하셔서 급히 병원에 가셨는데 채 두 시간도 안 되어 하느님을 만나시겠다고 황급히 길을 떠나셨다.

매년 11월 2일은 전 세계 가톨릭교회에서 "죽은 모든 이를 기억하는 위령의 날"로 정하여 위령미사를 봉헌하고 묘소를 방문하여 부모 친지 죽은 모든 이를 위하여 기도를 바친다.

그날 부모님 묘소엘 다녀왔었는데 어제도 불현듯 묘소에 가보고 싶은 생각이 들어 달려가 하늘나라에서 평안하신가 안부를 여쭙고 왔다.

나이가 들어갈수록 가진 것 없이 맨몸으로 자식들 건사하시느라 고생만 하셨던 부모님 생각이 간절해지고 가끔씩 눈시울이 뜨거워짐은 묘소엘 다녀온다고 가라앉지도 않는다.

돌아오는 길에 불자는 아니지만 차안에서 회심곡을 들으며 다시 한 번 어버이의 은혜를 되새겼다.

주님, 저희 부모님에게 영원한 안식을 주소서, 영원한 빛을 비추소서.

군자불기

무함마드 빈 살만 사우디 왕세자의 방한 뒷얘기가 숱한 화제를 불러왔다. 그 중 한 끼의 식사와 한 번의 차담회를 위해 새 그릇을 샀다는데 자그마치 1억 원어치라는 것이 놀랍기도 하지만 그보다 당장 주문에 응할 수 있는 고급 그릇이 종류대로 준비되어 있었다는 것도 놀랍다.

세계적으로 군자나 영웅호걸이라 하기에 충분한 일부 정치인이나 경제인 등의 기상천외한 아이디어나 행동은 인류의 삶을 바꿔놓기도 하며 수많은 사람들에게 찬사를 받기도 한다.

공자께서는 군자불기(君子不器)란 말로 지도자들의 합리적인 능력을 보여주라고 했는데 빈 살만은 네옴이라는 그릇에 무엇을 얼마나 담아보여 주려는지 전 세계를 휘젓고 다니는데 현재까지는 거칠 것이 없는 모양새다.

 빌 게이츠나 故 스티브 잡스, 일론 머스크와는 다른 방향에서 빈 살만이 인류에게 어떤 공헌할 것인지 기대해 본다.

우리 밀을 생각하며

혼인의 계절 가을에도 국수 삶는 냄새를 맡기 어려운데 어느 회사에서는 비혼을 선언한 사원에게는 기혼자와 같은 복지혜택을 주겠다는 기사 한 줄이 안 그래도 혼인이 줄어드는 시절에 더욱 비혼을 부채질하는 것은 아닌지 더욱 씁쓸하게 한다.

혼인잔치에 국수를 먹는 풍습은 밀가루가 귀하던 시절 경조사 때에 별식으로 먹기 시작했을 것으로 짐작하는데 어릴 때 우리도 밀을 재배하였지만 수확량은 기대에 미치지 못했다.

몇 년 전부터 우리 밀 살리기가 유행처럼 일어나 우리 밀을 심지 않으면 손가락질 받지 않나 걱정도 했을 정도였는데 사실 우리네 농경지에 밀을 심는다는 것은 비생산적이라고 생각한다.

우리 고장에도 소규모지만 제분공장까지 설비하고 직접 재배도 하는 사람이 있는데 논에 이모작으로 심으니 습기가 많고 기후가 적당치 않은데도 파종을 하는데 수고로움에 비하면 수확량이 미흡하다.

식량주권을 위한다지만 비생산적인 작물에 투자하느니 경쟁력 있는 작물을 집중적으로 육성하는 게 생산적이지 않을까?

금년 가을에도 밀 파종농가의 급증으로 정부에서는 적정파종을 권고하지만 농민들은 정부에서 적극적인 소비 대책을 세우라는 평행선을 달리고 있으니 내년 초여름 수확기가 걱정이다.

꽃씨를 받으면서

　가을이 시작되면서부터 꽃망울을 맺던 흰 국화가 첫서리가 내린지 40여일이 되니 붉은색을 띄면서 생기를 잃기 시작했다. 그 순백의 화사함을 자랑하던 자태도 계절의 쫓김에서 자유로울 수가 없었나보다.

　그동안 이상기온 탓이었는지 마음마저 느긋하기만 하던 날씨가 추워질 것이라는 예보를 들으니 별안간 눈앞의 꽃나무들이 황량해보이고 뒹구는 낙엽이 을씨년스럽게 느껴진다.

　추워질 것이란 그 말 한마디에 사람의 마음이 이렇게 흔들리다니 막상 옷깃을 여미게 될 추위가 닥칠 때는 온 몸이 얼마나 움츠러들까?

11월은 꽃씨를 받아둬야 하는 계절이다. 매발톱 등 일찍 지는 몇몇 꽃들은 씨앗을 받아났지만 대체적으로 농사를 끝내놓고 꽃씨를 받아놓고 뽑아버린다.

사실 꽃 씨앗을 받다 보면 꽃이 지고 열매를 맺기까지 꽃대의 시들어가는 모양이 우리네가 늙어가는 듯 볼품이 없어 빨리 뽑아버리고 싶은 충동을 느낄 때가 있다.

꽃씨를 받느라 헤치며 흐트러진 꽃나무는 땅위에 널브러지지만 쫓기듯 멀어지는 가을은 어디로 향하는가?

쑥부쟁이 같은 인생

한파주의보가 내릴 징조였는지 세찬 바람에 빗방울까지 떨어지더니 이리저리 뒹구는 낙엽이 이제야 만추의 감성을 자아내게 한다.

11월 하순인데도 길옆 소공원에는 몇 송이 장미가 여전히 고운 자태를 보이는데 아무리 꽃 중의 여왕이란 장미도 철이 지나니 애처로워 보인다.

잎이 다 떨어진 가지 끝에 남아있는 장미는 이제는 사람들의 눈길을 잡아끌지는 못해도 여전히 강렬한 붉은빛은 함부로 범접하지 말라는 여왕의 위엄으로 보인다.

문득 내 인생은 무슨 꽃에 비유할까 생각해보니 산비탈에 다소곳이 피어 사람들에게 존재감조차 없는 쑥부쟁이를 닮지 않았을까?

　사람들이 통칭 들국화라 부르는 쑥부쟁이, 벌개미취, 구절초가 비슷비슷하지만 뭐라 불러도 좋을 만큼 비슷한 환경에 고즈넉하게 서식하니 나의 일상도 있는 듯 없는 듯 들국화와 비슷하다.

　심거나 가꾸지 않아도 산비탈을 굳건하게 지키며 해마다 주어진 몫을 다해내는 쑥부쟁이의 끈질긴 생명력처럼 나의 나머지 인생도 내 몫을 다해내는데 있는 힘을 다 쏟아야겠다.

인류발전의 이정표

지난 15일 도미니카공화국에서 '다미안'이란 아기가 전세계인들의 관심 속에 태어났는데 UN이 발표하기를 80억 명 째 태어난 어린이로 '인류발전의 이정표'라고 했다.

내가 90살까지 살 수 있을지 모르겠지만 90이 되는 해에 세계 인구는 90억 명이 될 것이라는데 지구촌이 포화상태라 하지만 태어나는 생명은 언제나 축복받아야 한다.

우리나라를 비롯하여 몇몇 나라들은 인구절벽으로 농촌지역을 물론 대도시까지도 소멸위기에 처해 국가적인 재앙에도 해법을 찾을 수가 없어 전전긍긍하는 실정이다.

심지어 인구대국인 중국마저 출산정책을 쓸 만큼 인구 문제에 예민한 정책을 펼치는데 2~3년 내에 인도에 인구왕좌를 내어줄 가능성이 크다고 한다.

　인도와 중국, 인도네시아, 방글라데시, 파키스탄, 일본, 우리나라 등 아시아에 45억여 명이 살고 있다니 쌀을 주식으로 하는 민족들이 출산율이 많은 모양인데 우리나라 출산율은 세계에서 꼴찌다.

　'인류발전의 이정표'라고 마냥 환호하기에는 인간이 살아가기 위한 에너지를 얻기 위해 과다한 탄소배출을 해야만 하는 현실은 기후변화를 자초하고 식량위기를 동반하게 한다.

　금년엔 각 나라마다 우리나라에서도 탄소중립을 위해 크리스마스트리 조명시간도 단축한다고 한다. 각 가정에서도 에너지절약에 적극적인 동참이 필요하다.

강화도의 옛일을

檀君遺蹟踏雲霄

摩岳城壇歲月遙

史閣有神留秘藏

麗陵無樹記前朝

亂餘民物多凋弊

霜後山河更寂寥

千古英雄不盡恨

甲津風雨夜鳴潮

단군이 남긴 발자취 구름위에 아득한데

마니산 참성단에 스친 세월 멀리도 떠도누나

마니산 사고는 신이 있어 잘 지켜주는데

고려 왕릉은 옛 조정의 기록물 하나 없구나

난리가 지나고나니 온 천지가 뒤숭숭하고

서리까지 내리니 산과 들은 더욱 쓸쓸하네

아주 먼 옛적 영웅들의 한이 남아있는데

갑곶진의 비바람에 밤이 되자 바닷물이 소리내며 밀려오네

– 홍세태

    조선후기의 시인, 서예가인 홍세태는 청나라 사신이 뇌물대신 홍세태의 친필 시를 받기를 원했다고 할 정도로 훌륭한 문장가로 청나라와 일본에까지 명성이 자자했었다는데 강화도와는 무슨 인연이 있어 강화도의 옛일을 낱낱이 되새겼는지 그의 행적을 공부해보고 싶다.

꿩 대신 닭인 셈이지만

1392년 태조 이성계가 조선을 건국하던 해 동짓달에 배꽃이 폈다는 기록이 있다. 그때도 이상기후였는지 조선개국의 상서로운 길조(吉兆)였는지 모르지만 조선은 600년의 역사를 이어왔다.

배는 많은 사람들이 좋아하는 과일로 가공품보다는 생과일이 시원하고 달콤한 맛을 즐길 수 있는데 몇 년 전부터 배의 대명사였던 신고배가 차츰 홀대받고 있다. 일부 과수농가들이 추석명절에 비싼 값으로 시장을 선점하려고 덜 익은 과일을 출하해 식상(食傷)한 때문인데 금년에 들어서는 샤인머스켓 포도 농가들이 신고배의 전철을 밟고 있어 안타깝다.

개인적으로 배를 좋아하는데 한 개에 6~7천원이나 하

니 워낙 비싸서 선뜻 사먹기에 부담이 되어 대신 저녁에 무를 한쪽씩 먹으니 꿩 대신 닭인 셈이지만 맛도 시원하고 내가 농사를 지은 것이니 돈 한 푼 안 들어가고 일석이조다.

여기에서 꿀팁 하나!
배는 자연 상태에서 오래 보관이 가능하지만 무와 함께 두면 더 오래도록 싱싱하게 보관할 수 있다.

황소바람이 들어와

　예년에 비하면 한 달여가 길었던 가을이 기습한파로 만추를 마무리하고 깊은 겨울의 길목으로 사람들의 발걸음을 재촉한다.

　요즘은 아무리 추워도 엄동설한이라는 단어마저 떠올리지 않는데 어릴 때 허술하기만 했던 농가의 천장에서 벽 틈으로 창틀사이로 황소바람이 들어와 아침에 일어나보면 방안에 있는 물그릇이 얼어붙어있는 날이 많았다.

　가난한 우리뿐 아니라 대부분의 집들은 땔감을 아끼느라 겨울에는 온 식구가 한 방에서 지내는 경우가 많았는데 윗목에서 자는데 코가 시릴 정도로 추웠고 풀 먹인 광목이불은 또 얼마나 차가웠는지….

아랫목엔 늘 이불을 깔아놓고 수시로 발을 녹였으며 밥 한 주발을 넣어놨었는데 물을 많이 붓고 멀겋게 끓여 점심 대용으로 한 대접씩 마셨어도 식구들은 늘 웃으며 지냈다.

물, 물을 마시자

한 처음에 하느님께서 하늘과 땅을 지어내셨다. 땅은 아직 모양
을 갖추지 않고 아무것도 생기지 않았는데, 어둠이 깊은 물위에
뒤덮여 있었고 그 물위에 하느님의 기운이 휘돌고 있었다.

― 창세기 첫 구절

하느님께서 창조하신 하늘과 땅이 물 위에 뒤덮여 있었
다고 하니 물이 세상만물을 보호하였다. 철학자들도 물
은 만물의 근원이라 하였고 인류의 4대 문명도 물이 풍부
한 강을 중심으로 발상(發祥)되었다.

사람의 몸은 70%정도가 물이며 하루 필요한 물의 양은
성인기준 열 컵 정도를 마셔야 신진대사가 원활할 수 있
다는데 의외로 물을 극히 소량만 마시는 사람도 있어 어
떻게 갈증을 참아내는지 의아하다.

얼마 전 봉화의 광산에서 매몰 후 9일 만에 구조된 광부도 갱도에서 떨어지는 물을 받아먹었기 때문에 살아서 구출되었으며 우리는 물을 못 먹으면 3일 정도밖에 살지 못한다고 한다.

물은 적게 마셔도 무턱대고 많이 마셔도 탈이 날수 있으니 적정한 양만큼은 마셔야 하는데 추워진 날씨 탓인지 나이 탓인지 요즘은 적게 마시고 있음을 자각한다.

여보, 아프지 말고 내 손 꼭 잡아

12월에 들어서며 확연하게 달라진 산과 들과 나무들의 풍광이 펼쳐진다. 마을길도 적막감이 돌 정도로 해도 짧아졌으며 사람들의 발소리도 일찍 끊긴다.

오래전 귀촌하여 원앙같이 사시다가 남편을 사별하시고 혼자 사시는 할머니를 성당에서 만났는데 세상에 혼자 버려진 2년이었다며 이렇게 외로운 날들을 얼마나 더 살아야 하느냐는 넋두리를 하신다.

혼자는 먹어지지도 않고 이제는 몸이 말을 안 들어 병원이나 마트 가기, 쓰레기 버리기 등 소소했던 일상의 문 앞을 커다란 바위덩어리로 막아놓은 듯 문을 열고 나갈 수가 없다고 하신다.

그런 동적인 것은 참거나 손을 빌리기라도 하지만 집안의 적막함과 뻥 뚫린 가슴의 냉기는 보일러의 온기도, 따듯한 햇살도 녹여내지 못하고 남극의 빙하처럼 켜켜이 굳어져간다고 하시면서 '내외가 알콩달콩 행복하게 잘 살아야 해' 하신다.

死生決闊 與子成說 執子之手 與子偕老
삶도 죽음도 함께하자고 약속을 하며 우리 서로 손을 맞잡고
백년언약을 맺었지.

전쟁터에서 아내를 그리워하며 남긴 병사의 애끓는 한탄을 공자가 시경(詩經)에 옮겨놓았는데 이 글로 인하여 백년해로라는 단어가 생겼다고 한다. 한 이불을 덮고 삶도 죽음도 함께하며 한 묘지에 들어가는 백년해로를 할 수 있다는 것은 하늘의 축복이다.

금요일 자정 무렵 화장실에 간 아내가 급하게 부르기에 가보니 입에서 피가 많이 흐르고 있어 119를 호출하고 주섬주섬 준비하여 구급차에 올랐다. 상태를 파악한 후 병원에 연락하니 강화에서는 어렵다고 하여 김포의 병원 중환자실에 입원하였다. 식도정맥 출혈이라는데 워낙 출

혈이 심하여 수혈을 하며 식도정맥 내시경으로 지혈을 했다. 진료 후 기타 여러 가지 지병들을 하나하나 다스려야 한다는 선생님의 말씀이 고마웠다.

입원하는 날 꼬박 밤을 새고 세끼를 안 먹고 물 두 컵뿐이었지만 아내의 아픔을 대신해주지 못한 괴로움은 애간장을 태웠다.

여보! 우리 검은머리 파뿌리가 되도록 살자고 쓴 50여 년 전의 혼인서약서의 잉크가 아직 마르지 않았고 70 중반을 훌쩍 넘겼다지만 우리들의 머리는 아직 검잖아. 면회도 안 되어 병원 건물 벽을 쓰다듬으며 당신의 수호신 성녀 아나스타시아님께 당신의 고통을 덜어주십사 하고 기도로 말씀드렸어.

여보! 우리 아프지 말고 내 손을 꼭 잡고 우리가 약속한 검은머리가 파뿌리 되도록 건강하게 많이 웃고 오래도록 행복하게 살자.

겨울 단상

어제 아침에는 많은 양은 아니었지만 겨울의 운치를 느끼기엔 충분할 만큼의 눈이 내렸다.

겨울에는 역시 눈이 내려야 낭만과 운치가 있고 메말라 가는 겨울철 삶을 윤기 있게 해주고 활기를 얻을 수 있다.

밤은 점점 깊어지고 달은 차갑게만 보이는데 기러기는 잠도 없는지 고단함을 날개 위에 얹어놓은 채 밤하늘을 끼룩대며 날아다닌다.

절기상으로는 눈이 많이 내린다는 대설(大雪)이고 오늘 눈이 많이 내리면 풍년이 든다고 전해지지만 과학영농시대에 절기에 의존하지는 않지만 수천 년을 내려오는 관습을 가볍게 여기기도 마냥 쉽지만은 않다.

겨울추위의 절정은 소한, 대한 무렵이 제일 매섭고 2월 하순경 마지막 한파를 겪어내야 겨울을 날 수 있는데 절정의 추위까지는 아직 한 달여가 남아있어 만반의 준비를 해야 한다.

　겨울철 제주도에 꿩 사냥을 다닐 때 먹어본 제주도 향토 음식인 메밀조베기가 생각난다. 메밀조베기는 미역을 넣은 메밀수제비로 바람이 매서운 겨울 사냥터에서 따끈한 조베기 한 그릇은 언 몸을 녹여주는데 그만이었다.

　사실 그 옛날 메밀은 서민들이나 먹던 구황작물로 여겼지만 지금은 건강식으로 유명세를 타고 있다.

　이북사람들이 살얼음이 언 동치미 국물에 말아먹는다는 평양냉면 한 그릇도 먹고 싶다.

농협마당에 천사들이

군 제대 후 영등포에서 직장에 다닐 때 근처 병원에 혈액은행이 있었는데 주변에서 늘 서성이는 사람들이 간혹 술에 취해 저희들끼리 싸우곤 했다. 알아봤더니 도너들이라고 하는데 무슨 말인지 몰라 재차 물으니 피를 팔아서 살아가는 사람들이라고 한다.

그 옛날에는 헌혈이 아닌 매혈에 의존하여 혈액을 수급하였는데 그때 검사가 철저하지 못하여 도너들의 혈액을 통하여 B형 간염 등 여러 질병들이 여과 없이 전염되어 사회문제가 되기도 했던 기억이 난다.

농협에 볼일이 있어 갔더니 적십자사 헌혈버스가 2대가 와서 직원들이 헌혈을 하는 것을 봤는데 이런저런 핑계로 평생 한 번도 헌혈을 못한 나는 가끔씩 혈액이 부족하

다는 언론보도를 보면 쥐구멍이라도 찾고 싶은 심정이었
다.

우리의 신체는 머리카락 한 올도 중요한데 특히 피는 생
명이라 할 만큼 귀중한데 조건 없이 사랑의 마음으로 헌
혈하는 사람들의 고마움은 사회를 따뜻하게 만든다.

사랑을 실천하느라 기꺼이 팔을 걷어 헌혈하는 시골농
협 직원들이 천사의 모습이다.

서로의 손을 놓치지 말고

　부부 중 한사람이 병원에 입원하여 생활의 리듬이 흐트러지니 여간 심란한 게 아니다. 더구나 나이가 들어가며 정은 깊어질 대로 깊어졌는데 아내는 오랜 지병으로 병치레를 하며 점점 쇠약해지니 걱정이 이만저만이 아니다.

　나이든 사람은 하루만 움직이지 않아도 근육 손실이 많다고 하는데 열흘정도를 누워 양팔에 5개의 링거줄을 달고 소변 줄까지 달고 있어 침대에서 내려오기도 번거로운 아내를 보기가 안타깝다.

　퇴원하면 첫째로 근육을 키우기 위해 집안에서 꾸준하게 걸음을 걷게 하고 가벼운 운동도 시키고 양지쪽에 나가 해바라기도 시켜야겠다.

여보! 나는 이제부터 모든 활동을 내려놓고 당신 손을 꼭 잡을 테니 우리 서로의 손을 놓치지 말고 오래도록 건강해야지.

손에서 책을 놓지 말고

가을이 길어서인지 아직 늦가을인 듯한데 12월을 가리키는 달력이 문득 낯설게 느껴지고 가을에나 한 번씩 생각나는 수불석권(手不釋卷)이란 단어가 머릿속을 스친다.

하지만 지난 가을에 읽다말았던 책 서너 권을 뒤적이기는 했지만 건성건성 책장이나 넘기고 마는 늘 그렇듯 나태함을 드러냈다.

보통사람들은 200여권의 책을 읽으면 세상을 보는 척도가 달라진다고 하는데 나는 책 한권 제대로 읽지 않으면서 텅 빈 머리로 정의와 공정을 어떻게 판단하며 침을 튀기고 있나 싶다.

세상의 영웅호걸들은 눈코 뜰 새가 없는 일상에서도 손에서 책을 놓지 않았다. 세종대왕의 백독백습 독서법이 유명하며 모택동의 많이 읽고, 많이 쓰고, 많이 생각하고, 많이 물어본다는 사다(四多)공부법도 유명하며 밥을 굶어도 잠을 못자더라도 책은 단 하루도 안 읽으면 안 된다고 했으며 숨이 넘어갈 때도 책을 읽었다고 한다. 나폴레옹도 천권의 책을 마차에 실고 다니며 전쟁을 했으며 헬렌 켈러 역시 수많은 책을 읽은 것으로 유명한데 눈이 침침해졌다던가 틈이 없다는 얘기는 나 같은 필부의 핑계일 뿐이다.

나이가 들면 기억력 감퇴나 심하면 치매 증세까지 겪게 되는데 뇌기능을 활성화시키기 위해서는 독서만큼 좋은 방법이 없으며 꼭 책이 아니더라도 신문을 읽으면 많은 도움이 된다고 한다.

신부님과 훈장

　故 이건희 회장은 노블레스 오블리주 정신으로 국보 14점을 비롯하여 2만 3천여 점의 예술품들을 조건 없이 기증하여 국민들이 귀중한 작품들을 가까이 할 수 있도록 하여 세상 사람들을 놀라게 하였다.

　그중에 겸재의 국보 제 216호인 인왕제색도가 세간의 이목을 집중시키며 각 지방단체마다 인왕제색도를 유치하여 지방의 문화발전을 꾀하겠다고 물밑으로 유치전이 치열하다. 우리 고장에서도 국보 제133호인 '청자진사 연화문 표형주자'가 강화에서 출토되었으니 우리 강화역사박물관에 전시하는 게 순리라고 주장하고 있다.

　진경산수화의 창시자인 겸재는 인왕제색도를 그리기 전인 젊은 시절부터 금강산진경도 많이 그렸는데 72살에 금강산을 다시 찾아 해악전신첩을 완성하였다.

성베네딕토 수도원의 선지훈 수사신부님이 독일 상트
오틸리엔 수도원에 있던 겸재 정선의 화첩 '금강내산전
도'외 21점과 100여 년 전의 우리나라 식물표본 420점을
어렵사리 반환받을 수 있도록 노력한 공로로 은관문화훈
장을 받으셨다.

100여 년 전 독일의 신부님이 우리나라에서 겸재의 산
수화와 식물표본까지 가져갔던 것인데 미국의 유명 미술
관 연구원이 보고 '숨이 막힐 듯한 걸작'이라며 50억 원
호가를 시작으로 경매를 추진하겠다는 권유를 뿌리치고
선지훈 신부님의 간곡한 간청에 흔쾌히 우리나라에 영구
임대 형식으로 기증하였다. 물론 독일 신부님이 돈을 주
고 사갔을 텐데 수도원에서는 거금의 유혹을 뿌리치고
대한민국 국민들의 자긍심을 존중해준 어려운 결단에 머
리 숙여 경의를 표한다.

선지훈 신부님의 노고를 감사드리며 은관문화훈장 받
으심을 축하드린다.

굴 국밥

 이태리의 나폴리는 세계 3대 미항이라지만 못 가봤는데 괴테는 어떤 말이나 어떤 그림으로도 그 아름다움을 표현할 수 없다고 극찬하였다고 한다.

 우리나라의 나폴리라 불리는 통영은 한려해상국립공원으로 충무공 전승 유적지를 비롯하여 다도해는 해상관광의 경관이 수많은 관광객을 끌어 모은다.

 통영은 또한 수산업이 유명한데 바다 전체가 거의가 굴 양식장으로 발 디딜 틈이 없을 정도다.

 금년에는 굴 풍년이고 김장수요도 기대에 못미처 값이 싸졌다고 하지만 소비자의 입장으로는 실감하지 못하겠다.

가을철 무가 맛이 들기 시작하면 굴 생각이 난다. 굴 무침도, 생굴도 좋아하는데 어제는 겨울철 별미인 굴 국밥이 생각나서 큰 팩을 하나 사왔다. 굴밥도 한 끼 해먹고 굴 국밥도 한 끼 해먹을 예정이다.

겨울나무

어제는 아침부터 희뿌연 미세먼지가 음습하게 하늘을 뒤덮어 놓더니 이내 하늘 끝에서 땅 끝으로 눈발이 흩날렸다. 차라리 서설(瑞雪)이라 할 만큼 보기 좋게 쌓였더라면 좋았으련만 찬바람을 동반한 싸락눈은 을씨년스럽기만 했다.

가을은 오다 간다더니만 길기만 길어 방심하고 있던 차에 체감온도가 영하 15도가 될 것이라는 한파경보를 전한다.

겨울산과 들의 자연은 숨죽이고 있는 듯 하지만 크고 작은 나무들은 저마다 산 너머의 소식을 궁금해 하고 간혹 날아와 앉는 새들에게 따뜻한 온기를 전해받기도 한다.

또한 겨울나무는 어둠이 무서워 밤새도록 가지를 흔들어대며 새봄에는 뿌리를 얼마나 뻗을 것인지 옆 나무에게 햇빛을 얼마나 양보해야 할지 안 해도 될 고민으로 날밤을 샌다.

겨울나무는 발가벗은 낮은 자세지만 당당하게 서있기 위해, 더 단단해지기 위해 겨울에도 나이테를 키우며 맨몸으로 언 땅 밑의 뿌리 끝을 꼼지락거린다.

계란과 두부와 쇠고기

요즘 아내의 간병차 병원출입이 잦다보니 일상이 흐트러지고 끼니도 거르기가 십상이지만 아내 생각에 배고픔은 모르겠다.

인간의 생로병사과정은 민족마다 지역마다 사람마다 다르고 개개인의 성격에 따라 차이가 많겠지만 생활환경에도 큰 영향이 있다고 생각한다.

식상하도록 가는 곳마다 100세 시대를 외치지만 의학의 힘만으로는 어렵고 자신의 의지와 생활습관이 중요한데 특히 은퇴 후의 일상 또한 더욱 중요하다고 한다.

노년기인 70대 이후의 올바른 일상이 100세에 다가갈 것인지를 좌우한다고 하는데 매사에 의욕을 잃지 말고 적극적인 사고(思考)와 활동을 해야 하며 무엇보다 할 일을 갖는 것이라고 한다.

농부인 나는 정년이 없어 호미 쥘 힘만 있으면 내 전답을 경작할 수 있어 다행이지만 요즘 같아서는 간병에 정성을 기울이느라 내 몸조차 돌볼 여유가 없다.

욕심 같지만 노년기의 삶의 주인공은 당연히 나 자신이다. 가족에 대한 관심보다 내 자신의 건강도 소홀히 할 수는 없다.

진작부터 그렇게 했으면 좋았겠지만 얼마 전부터 아내에게 계란과 두부, 소고기를 하루도 거르지 않도록 신경 쓰는데 나이가 들수록 잘 먹어야 면역력이 높아진다고 한다.

토끼가 천년을

　조선시대의 어느 사대부가 토끼는 천년을 살며 오백년이 지나면 흰 토끼로 변한다는 허무맹랑한 말을 했다는데 양반네가 한 말이니 민초들은 그 말을 믿었을까?

　내년 2023년은 계묘년 토끼띠의 해인데 보통 토끼가 아니라 그것도 흑 토끼라고 한다.

　오래 전 황금 돼지의 해라고 금박카드를 만들어 재미를 보더니 해마다 흰 쥐의 해, 검은 뱀의 해, 금년은 검은 호랑이의 해, 내년은 흑 토끼의 해라하며 기념품을 팔던데 상술이 아닐까?

　흰 토끼든 검은 토끼든 구전되는 얘기에 토끼는 영특하여 호랑이도 골탕 먹이고 용궁에 잡혀갔다가도 여유롭게 살아 돌아오는 지혜의 동물이라는데 내년 토끼해에는 토끼의 영특함으로 세계적 불황을 이겨냈으면 좋겠다.

내가 태어나기 수십 년 전 1928년에 창녕의 이방공립학교의 故 이일래 선생님이 동요 '산토끼'를 작사 작곡하셨다는데 벌써 100여년이 되어가도 여전히 어린이들이 처음 배우는 국민동요이며 온 국민 모두가 불러본 동요가 아닐까?

눈이 많이 내린 다음날이면 눈밭을 헤매며 산토끼 몰이를 하던 옛 추억도 새롭고 아이들 재산목록에 들어가던 둥그런 토끼털 귀마개도 그립다.

벌써 한해를 마무리하고 새해 맞을 준비를 해야 하는 길목에 다다랐는데 동장군의 기세에 온 몸이 움츠러드니 아무 생각도 없다.

걱정할 필요 없는 병

흑사병과 천연두, 콜레라와 독감, 결핵과 홍역 등 인간이 앓는 질병의 수는 이루 말할 수도 없이 많다. 문명이 발달할수록 질병도 다변화되고 있으며 지금도 전 세계인들이 코로나 앞에 속수무책으로 당하고 있다.

우리나라도 삼국시대부터 전염병에 대한 기록이 전해지고 있는데 질병의 명칭이 지금과는 달라 정확히 무슨 병인지는 불분명한 게 있다고 한다.

우리가 일상에서 사람들을 괴롭히는 수만 가지의 질환 중에 이석증으로 병원을 찾는 사람을 간혹 보게 되는데 귓속의 달팽이관에 있는 이석이 어떤 이유로 이탈하여 어지럼증을 일으킨다고 한다. 사람의 균형을 잡아주는 역할을 하는 이석이 이탈하면 심할 경우에는 구토까지 할 정도로 고통을 준다는데 친구가 연례행사를 치르 듯 증세가 와서 어제도 가벼운 증세로 병원을 다녀왔다 고 한다.

잊을만하면 증세가 왔다는 얘기를 듣고 우스개로 집에서 도리도리하면 원 위치되지 않느냐고 실없는 말을 했는데 아픔을 이해해주지 못한다고 섭섭해 했으려나?

이석증은 다른 어떤 병보다도 간단한 치료로 합병증 없이 감쪽같이 일상에 복귀할 수 있어 걱정할 필요가 없는 병이라니 다행이긴 하다.

그라운드 골프

골프를 즐기려면 오고가는 시간과 라운딩 시간에 거의 하루를 투자해야하며 식사나 그린피, 캐디피 등의 비용도 만만치 않은데 한 달에 두서너 번만 간다 하여도 보통 사람들은 감당하기 어려운 비용이다.

어쨌든 골프는 부자들이나 즐기는 운동으로 인식되었지만 손꼽히는 부자들도 골프장에서는 식음료비용 문제로 얼굴들을 붉히는 것을 여러 번 봤다.

나는 식사자리에서 밥값을 내는 사람에게 재산이 나보다 만 배나 더 많으시니 만 번 살 동안 나는 한 번만 사겠다고 너스레를 떤다. 그렇게 아양으로 웃어넘기면 사는 사람도 기분좋아한다.

은퇴 후 비용이나 멤버 간 불화 등으로 라운딩에 부담을 느끼는 사람들이 파크골프를 즐기는 것으로 만족하는 사람들이 많은데 부담 없이 즐기기에는 안성맞춤이라고 한다.

농촌에서도 노인회관을 중심으로 게이트볼이 성행하더니 그라운드 골프 바람이 거세게 불어 우리 고장에도 그라운드 골프장이 생겨서 많은 사람들이 즐기고 있다.

그라운드 골프는 작은 운동장에 15m, 25m, 30m, 50m 거리의 홀을 8개 만들어놓고 4명이 두 팀으로 시합을 하기도 하지만 한가한 시간에는 혼자서도 즐기기에 아주 좋다.

아내와 노후 건강과 취미를 위해 그라운드 골프 기초는 배웠는데 아내의 건강문제로 중도하차하여 아쉽기도 하지만 요즘 삼시세끼 식사준비와 세탁 청소 등 집안일에 전념하다보니 이 힘든 일을 군말 없이 해온 아내의 희생이 그저 고마울 뿐이다.

판공성사

성탄절이 다가오며 성당에서는 아기예수님 맞을 준비에 한창이고 주님 성탄 대축일을 기다리는 신자들도 경건한 마음으로 판공성사를 받으려고 자신을 성찰한다.

각 종교마다 존중받아야 할 고유의 기본적인 교리가 있고 타 종교나 무종교인 경우라도 남의 종교 교리를 비판할 권한이 없다고 생각하는데 일부 종파에서 가톨릭교회의 고해성사나 성모 마리아 공경(恭敬)에 대하여 헐뜯거나 혐오하는 경향이 있다.

우리 가톨릭 신자들은 평생 동안 세례성사, 견진성사, 혼인성사, 병자성사, 고해성사, 성체성사가 있고 성직자가 되려는 분들은 성품성사를 받는다.

어제는 대림 4주일로 성탄을 준비하는 마음으로 판공성사(고해성사)를 받아야 하는데 성탄 전에는 꼭 마쳐야 신자로의 의무를 다하는 것이다.

가톨릭의 성인은 자신의 죄를 고백하는 순간 하느님과 함께 하는 것이며 사제에게 자신의 죄에 대한 참회를 할 때 용서를 받을 것이라고 말하였다.

노년 후반기에 들어선 사람들은 사회적 역할도 줄어들고 가정 의외의 행동반경이 좁아 누구에게 반감을 사거나 죄를 지을 일이 없다시피 하니 딱히 고해성사 때 고백할 죄가 없어 고민이라 하는 분도 있다.

그러나 죄는 알게 모르게 크든 작든 행동이 아니라도 마음으로 짓는 죄도 많다. 차근하게 성찰해볼 필요가 있다.

뚱딴지

이름부터 우습다고 조롱하기에

내 멋대로 삐죽삐죽 솟구쳐 뻗어

봉두난발 쑥대처럼 자라고 있다.

졸저인 "농부의 연필"에 수록된 '돼지감자'의 일부이다. 어릴 때는 돼지감자를 뚱딴지로도 불렀다. 흔히 누군가 엉뚱한 얘기를 하면 뚱딴지같은 소리라고 했었는데 돼지 감자를 뚱딴지로 부르게 된 어원이 궁금했었다.

지난여름 밭 귀퉁이에 심지도 않았는데 뚱딴지가 한 아름이나 되게 솟아올라 버려두다가 자꾸 퍼져서 한 움큼 쥐고 뽑아보니 어릴 때 굴뚝 주변에 자라던 뚱딴지가 아니었다.

그때는 주먹만 하고 뽀얀 게 컸었는데 발그스름한 색깔에 호두알만 한 게 무슨 캐릭터처럼 예쁘게 생겼다.

언제부터 그런 개량종이 나왔는지 관심도 두지 않았고 그게 지금은 약재로 쓰인다고 하지만 내게 필요치 않는 것이라서 하잘것없는 잡초정도로 치부하고 말았다.

어릴 때 심심하면 뽑아 아무 맛도 없는 것을 날로 깨물어먹던 기억이 어렴풋하다.

그나저나 동짓날이

찬바람이 불기 시작하면 사람들의 발길을 잡아끄는 달콤한 붕어빵이 이 땅에 발을 디딘지도 100여년이 된다는데 모양이나 맛의 큰 변화는 없었고 팥 앙꼬 말고 치즈를 넣는 것도 생겼다.

우리 동네 농협 주차장 귀퉁이에서 파는 붕어빵은 작아 보이는데도 비싼 팥 앙꼬를 쓰는 때문인지 값은 한 마리에 500원이다.

동짓날에는 황진이의 '동짓달 기나긴 밤을' 시조보다 동지팥죽이 더 많이 오르내리는데 몇 년 전 부산에 갔을 때 그곳의 어느 사찰에서는 동짓날 수 만 명분의 팥죽을 끓인다는 말을 듣고 놀랐다.

그 많은 팥죽을 끓이는 것이야 작정하고 시작하니 계획
대로 하면 되겠지만 와서 먹는 사람들보다 나눠줘야 하
는 양이 더 많을 텐데 어떻게 나누는지 궁금하다.

동지를 작은 설날이라고 하며 팥죽에 새알을 나이만큼
넣어먹는다는데 내 나이만큼 새알을 넣는다면 그 많은
양을 먹을 수도 없으려니와 담을 그릇도 마땅치 않을 것
이다.

농경사회가 끝났어도 풍습이나 문화가 지속된다는 것
은 얼마나 다행인가.

이런 허무를 어떻게

벌써 음력 섣달 초하루다.

섣달의 들판은 텅 비어있고 비어있는 들판보다 더 끝 간 데 없이 가슴에 냉기가 휘몰아침은 갑자기 전해들은 지인의 병마 때문이다.

찬바람을 맞으며 가만히 먼 곳을 바라보면 눈에 들어오는 구름 한 점, 귀에 들리는 바람소리, 가슴에 와 닿는 모든 감정 어느 것 하나 허투루 내게 다가온 것이 없으며 모두 중요한 의미가 있는 것이다.

물처럼 구름처럼 바람처럼 혹은 그리움처럼 스쳐가는 날들을 한 해의 끄트머리에 다다라서 뒤돌아보니 부끄러움과 후회뿐이다.

강화에 귀촌하여 많은 사람들을 만났고 그들과 동아리를 만들어 부부가 함께 사교춤도 배우며 매주 1회 트레킹도 다니고 철따라 여행도 함께하던 지인이 2년 전 암수술을 하였는데 예후가 좋다더니만 호스피스 병동을 알아보는 중이라는 청천벽력 같은 소식을 전해왔다.

우리들에게 틈틈이 기체조를 가르쳐주시고 트레킹 때마다 선두에서 늘 리드를 해주셨고 건장하셨는데 코로나로 서로 왕래가 뜸해진 사이에 그만 병마에 눌리셨나보다.

이런 허무를 어떻게 받아들여야 하나? 이런 허무에 내려앉으려는 가슴을 어떻게 추슬러야 하나?

하루하루를 함께 쌓아 한 해를 보냈으며 한해 한해를 함께 옮기며 십여 년을 살아왔는데 이런 걸림돌에 막혀 꼭 잡았던 손이 풀어지려 할 텐데 안타깝다.

선뜻 먹어지지 않는다

 죽어가는 사람도 살린다는 인류의 영약이며 만병통치약으로 일컫는 산삼은 보통사람들은 감히 먹어볼 수 없는 비싼 값으로 유통되고 있다.

 고려시대부터 고려삼의 효능은 중국에서 최상품으로 대접을 받았다. 해서 약소국인 우리에게 끊임없이 많은 양의 산삼 조공(朝貢)을 요구해 백성들이 시달리자 풍기군수로 부임한 주세붕이 인삼재배를 권장하여 풍기군이 최초의 인삼재배지가 되었다고 한다.

 또한 주세붕 군수는 우리나라에 최초로 성리학을 도입한 안향을 배향하기 위하여 사당을 짓고 한쪽에 유학생(儒學生)들을 위한 백운동서원을 건립하였는데 후일 퇴계가 풍기군수로 부임하며 명종 임금에게 조정의 사액

(賜額)을 청원하여 소수서원이란 현판을 받으면서 조선 최초의 사액서원이 되었다.

주세붕의 인삼재배 장려덕분에 인삼이 대중화되어 지금까지도 많은 국민들의 건강증진에 크게 이바지하고 있다.

우리 고장에도 6·25 한국전쟁당시에 개성에서 피난 온 분들이 주축이 되어 인삼재배를 하였는데 미네랄이 풍부한 토양 덕택으로 질 좋은 인삼이 풍작을 이뤄 강화인삼이 전국적인 명성을 얻었다.

인삼농사는 까다로워 운 좋은 사람이 지어야 한다는 속설이 있는데 둘이나 셋이 동업을 하면 누구의 운이든 운이 좋은 사람이 있을 것이라는 믿음에 꼭 동업으로 짓는다고 했는데 지금도 그런지는 모르겠다.

자매간에도 언니가 인삼이든 홍삼이든 안 먹는 것을 몰랐는지 와병중이라 기력이 없다는 얘기를 들은 처제가 안타까운 마음에 사랑을 섞어 홍삼을 달여 왔다.

아내는 못 먹으니 가져가라고 해도 놓고 갔는데 나보고

먹으라고 아내가 말하지만 애초에 내 몫이 아니었으니
선뜻 먹어지지가 않는다.

그 죄값은 얼마나

나이가 들면 인지능력이 떨어지고 행동이 느려져 주변 사람들에게 폐를 끼치게 된다지만 식생활도 변화를 겪게 되는데 나의 경우엔 음식의 양도 줄었지만 반찬의 가짓수도 줄이려 한다.

대부분의 남성들이 은퇴 후 좋든 싫든 '삼식이'란 냉소적인 말을 들으며 살아가는데 아내에게서 주방을 인계받았으니 웃을 일이 아니지만 삼식이는 면했다고 봐야하나?

주방을 전적으로 책임지게 되니 식자재 준비에서 냉장고 관리, 식단 짜기 등 쉬운 게 하나도 없는데 무엇보다 음식물 쓰레기가 장난이 아니다.

부부의 음식 중 한사람 몫은 환자식을 만들다보니 죽을 만들어도 그렇고 반찬도 간을 덜하여 조금씩 한다고 하여도 없는 솜씨에 혹여 가뜩이나 입맛도 없을 텐데 질린다고 할까봐 끼니마다 새로 만드니 버려야하는 반찬이 너무 많다.

물도 헤프게 쓰면 저승에 가서 재판받을 때 내가 버린 물을 다 마셔야 한다고 물 아껴 쓰라는 어른들의 말씀 수없이 들으며 자랐는데 하물며 음식을 버린다면 그 죄 값을 얼마나 받아야할지 정신이 번쩍난다.

자라보고 놀란 가슴

날씨가 풀렸다지만 워낙 꽁꽁 얼어붙은 잔설(殘雪) 때문인지 얼굴에 스치는 바람이 차다.

모두들 코로나에 이골이 나서인지 연말이 되니 친구들은 각종 모임에 여념이 없다며 시골의 필부한테도 얼굴한 번 보자는 연락이 오는데 면역력이 약한 아내핑계를 대고 피해왔다.

어제는 수필문학을 배우는 지인이 우리 집 근처에서 금년 마지막 수업 겸 쫑파티가 있다며 문예지 한 권 줄 테니 나와 보라는 성화에 마지못해 가보니 11명의 등단 작가들이 심화학습을 하는 동아리라고 한다.

낙서도 제대로 못하는 촌로한테 잘 왔다며 12명 한 팀이면 하느님이 정한 완전수라며 함께 하자는 권유를 받았지만 극구 사양하고 잠시 강의와 토론을 듣고 책 한 권을 얻어왔다.

저녁나절 서너 차례 격한 재채기에 덜컥 겁이 나기에 코로나 진단키트를 사서 집에도 못 들어가고 밖에서 조심스레 검사를 하니 다행히 한 줄 만나와 가슴을 쓸어내렸다.

자라보고 놀란 가슴 솥뚜껑보고도 놀란다고 외출 후 집에 와서 재채기를 하니 때가 때인지라 코로나인가 의심할 수밖에.

아침 일찍 쌀을 씻으며 어제저녁 놀랐던 가슴도 깨끗이 씻어냈다.

휴가가 필요해

　50여년만의 한파라는 이번 추위는 2~3일 누그러지다 다시 강추위를 몰고 올 것이라는데 연말연시에도 추위는 지속될 전망이다. 하지만 야외활동이 적은 계절이고 집 안일을 맡아서 하다 보니 바깥 날씨에 덜 민감하게 된다.

　한해가 저문다는 것을 실감할 수 없는데 달력을 보니 마지막 31일이 우연하게 주말이고 월말이고 연말이 된다.

　언젠가 무주리조트에서 눈을 맞으며 노천탕을 즐기다가 피로와 시름을 두고 왔는데 눈발이 이렇게 내리는 날엔 또다시 쌓인 내 피로와 시름을 어디다 던져버리고 싶다.

　한겨울에는 뭐니 뭐니 해도 따끈한 국물음식과 온천욕

이 제일인데 어제 북한의 무인기가 출현했다는 해프닝을 겪었던 우리 강화의 석모도에도 바다로 넘어가는 저녁놀을 보면서 즐길 수 있는 환상적인 노천온천이 있다.

하지만 지척에 있는 온천을 매일 이 핑계 저 핑계로 몇 번밖에 못 다녀오는 게으름으로 좋은 온천을 그림의 떡으로 만들고 있다.

난생처음 일본엘 갔을 때 대욕장에서 온천욕 후에 저녁 식사를 할 것이라는 말에 부곡하와이 보다 몇 배나 더 큰 욕탕이 있는가 내심 기대하고 들어가 보니 에게게~ 동네 목욕탕만한 규모에 대욕장이란 패찰을 붙여 실소를 금치 못했다.

간혹 온천수를 마시는 사람들도 있지만 전문가들은 권장하지 않는다고 한다.

연하장

인터넷과 카톡이 홍수를 이루는 세상에 살면서 잊혀져 가던 종이 연하장을 받았는데 따뜻한 촉감이 가슴에 와 닿는 게 대접받는 느낌이 들었다.

받으면 고맙고 기뻐하면서 정작 나 자신은 남에게 진솔한 마음을 담아 감사를 표현하지 못하는 어리석은 바보였지만 이제는 가슴을 따뜻하게 데워 이웃에게 다가가고 싶다.

산업화 사회가 세시풍습인 설날의 세배도 자식과 부모만이 나누다시피 하는 세상이 되어가고 인구가 줄어들면서 이웃과의 관계도 점차 왕래가 뜸해져간다

나 자신도 연하장을 보내본지 오래되었고 우리 사회 전

체적으로도 연하장이 줄어들고 있다고 하지만 미국이나
일본, 중국 등은 지금도 연말이면 연하장이 수십억 통씩
활발하게 전달된다고 한다.

새해일출

기다리지 않아도 한결같이 떠오르는 태양이지만 누구나 새해 첫날의 일출에는 특별한 의미를 부여하고 싶어한다.

새해 첫날이면 마음가짐을 새롭게 하고 서둘러 일출명소를 찾는 사람이 많다. 최근 몇 년 동안은 나도 1월 1일 새벽이면 연미정, 오두돈대, 마니산, 정족산 등을 찾아 힘차게 떠오르는 태양을 보며 가족의 건강과 안녕을 빌곤 하였지만 이번엔 부득이 집에서 해돋이를 봐야겠다.

새해 일출을 보기 위해 멀리까지 여행을 나서는 사람도 많지만 우리나라의 대표적인 생기처(生氣處)로 알려진 마니산에도 새해첫날이면 일출을 보면서 좋은 기(氣)를 받으려고 산을 오르는 사람들의 불빛이 새벽부터 줄을

서는데 정상이 좁은 탓도 있지만 너무나 많은 사람들로
발 디딜 틈도 없다.

 다른 유명 일출명소에서는 각종 퍼포먼스 등 행사가 있
지만 우리 강화에서는 하산 후 인근식당의 후원으로 떡
국을 나눠먹는 조촐한 모임이 있을 뿐이다.

 모든 사람들의 보편적인 새해소망은 가족의 건강 외에
코로나의 종식과 경제회복이 간절할 텐데 모든 소망이
꼭 이루어지기를 기원해본다.

덕분에

손톱만한 여린 잎으로 엄동을 이겨내는 보리는 동토에 찢기고 밟히며 뭉개지면서 자란 후에라야 푸르른 봄바람에 일렁이는 자태를 뽐낼 수 있다.

한 해의 막바지에 이르는 365일 동안 호락호락하지 않은 세상에서 온갖 굴욕과 냉혹함과 근심과 다툼에 채이며 살아온 내 삶도 새해에는 청보리밭의 푸르게 빛나는 보리처럼 싱그러울 수 있다고 믿는다.

누군가는 인생은 정답이 없고 앞날을 예측할 수도 없으니 악착같이 아귀다툼을 해야 한다지만 언 땅에서 실뿌리 한두 가닥만으로도 겨울을 견뎌내는 보리처럼 순리대로만 살아간다면 새해에도 남은 인생이 순탄할 것이다.

여러분의 염려와 격려 덕분에 한 해 동안 잘 살아왔고 새해에도 보내주실 사랑의 힘으로 살아갈 것이다.

문학과의식
2023 산문선

여보, 아프지 말고 내 손 꼭 잡아

발행일 2023년 3월 1일

지은이 구자권
펴낸이 안혜숙
디자인 임정호

펴낸곳 문학의식사
등록 1992년 8월 8일
등록번호 785-03-01116
주소 우편번호 23014 인천광역시 강화군 하점면 강화대로 939
      우편번호 04555 서울 중구 수표로6길 25 501호(서울 사무소)
전화 032. 933. 3696
      02. 582. 3696
이메일 hwaseo582@hanmail.net

값 12,000 원
ISBN 979 11 90121 44 6